로숨의
유니버설로봇
Rossum's Universal Robots

로숨의
유니버설로봇

Rossum's Universal Robots

카렐 차페크 _ 글   조현진 _ 옮김

📖 리젬

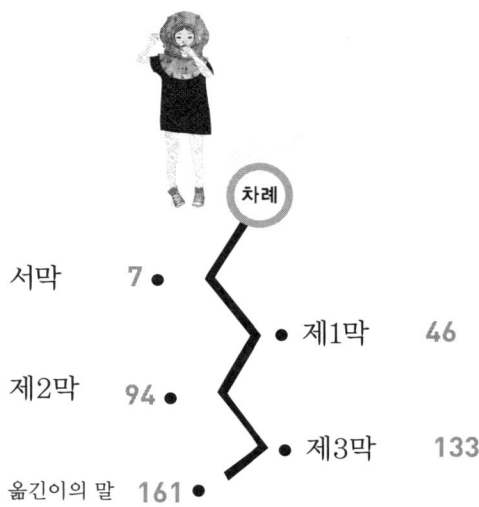

❖ 등장인물 ❖

해리 도민 로숨 유니버설 로봇 회사의 사장. 나이는 38세이고 깔끔하며
   키가 크다.

파브리 로숨 유니버설 로봇 회사의 기술 이사. 금발이고 진지하면서도 부
   드러운 인상이다.

갈 박사 로숨 유니버설 로봇 회사의 생리학 연구부 대표. 명랑하고 까무
   잡잡한 피부에 검은 콧수염이 있다.

할레마이어 박사 로봇 심리행동연구소 소장. 큰 덩치에 붉은 더벅머리와
   콧수염이 있다.

부스만 로숨 유니버설 로봇 회사의 영업 이사. 뚱뚱하고 대머리인 데다가
   근시이다.

알뀌스뜨 로숨 유니버설 로봇 회사의 건축 담당 대표. 신경 쓰지 않은 옷
   차림에 머리와 턱수염은 희끗희끗하다.

헬레나 글로리오바 우아하고 아름다운 여성이다.

나나 헬레나의 유모

술라 여자 로봇

헬레나 여자 로봇

마리우스 로봇

라디우스 로봇

다몬 로봇

쁘리무스 로봇

로봇 1호 / 로봇 2호 / 로봇 3호 / 로봇 4호 / 하인 로봇과 수많은 로봇들

- 제1막부터는 모든 사람들이 서막보다 나이가 열 살 많아져서 등장한다.
- 서막에서 로봇들은 마치 사람처럼 옷을 입는다. 로봇들의 얼굴은 무표정하고 눈동자는 한곳만 바라본다. 본 극에서 로봇들은 벨트로 허리를 맨 린넨 셔츠를 입고 나온다. 가슴에는 놋쇠 번호표가 달려 있다.
- 서막과 제2막 후에 휴식.

그림 _ 1920년 프라하 국립극장 초연 당시의 서막 무대 스케치

<서막>

진짜 사람을 만들려고 했어요.
과학의 힘으로 신의 영역을 넘본 거지요.
그는 신이 필요 없다는 걸 증명하고 싶어 했어요.
그래서 로숨은 우리와 머리카락 한 가닥까지
똑같은 인간을 만들겠다고 결심했어요.

로숨 유니버설 로봇 공장의 중앙 사무실. 창문 밖으로 끝없이 줄지어 있는 공장 건물들이 보인다. 무대의 왼쪽에는 더 많은 관리 사무실들이 있다.

도민은 커다란 책상 앞에 앉아 있다. 책상 위에는 램프와 전화, 파일, 편지 등이 놓여 있다. 무대 왼쪽의 벽에는 배의 항로와 기차 노선도가 그려진 커다란 지도가 붙어 있다. 그리고 정오 직전을 가리키고 있는 시계와 큰 달력이 걸려 있다. 무대 오른쪽 벽에는 포스터들이 붙어 있다.

포스터에는 '로숨의 로봇은 가장 저렴한 일꾼입니다', '최신 발명품인 열대지방용 로봇, 한 대에 150달러', '여러분에겐 로봇이 필요합니다!', '로숨에서 로봇을 주문하세요! 생산비를 줄일 수 있습니다!' 라고 적혀 있다. 그리고 또 다른 지도들과 선박 항해 시간표, 환율 변동 그래프도 벽에 붙어 있다. 벽에 붙어 있는 이런 것들과는 반대로 바닥에는 화려한 터키산 양탄자가 깔려 있다. 무대 오른쪽에는 둥근 탁자와 소파, 책 대신 와인과 양주병이 장식된 책장이 있다. 무대 왼쪽에는 금고가 있다. 술라는 타자기로 도민의 말을 받아 적고 있다.

도민   (말한다) "배송 중에 발생한 제품 손상에 대해서 본사는 책임을 지지 않습니다. 배에 싣기 전에, 로봇을 운반하는 데 배가 적합하지 않음을 미리 선장에게 알렸습니다. 그러므로 본사는 운송 과정의 손상에 대해 재정적인 책임이 없습니다. 로숨 유니버설 로봇 회사 드림." 다 썼나?

술라   네.

도민   다음 편지. 프레드리쉬베르케, 함부르크. 날짜 쓰고. "만 오천 대의 로봇에 대한 귀사의 주문을 확인했습니다. 주문에 감사드리며……." (전화벨이 울린다. 도민은 수화기를 들고 말한다) 여보세요, 중앙 사무실입니다. 네, 그럼요. 네, 항상 그렇듯이. 물론이지요, 전보로 보내 주십시오. 좋습니다! (전화를 끊는다) 내가 어디까지 말했지?

술라   주문에 감사드리며.

도민   (생각에 잠겨) 만 오천 대의 로봇이라, 만 오천 대…….

마리우스 (무대에 등장한다) 사장님, 어떤 숙녀 분이 찾아오셨는데…….

도민   누군데?

마리우스 잘 모르겠습니다. (도민에게 명함을 건넨다)

도민   (명함을 본다) 글로리 대표이사라……. 들어오시라고 해.

마리우스 (문을 연다) 들어오십시오, 부인.

(헬레나 글로리 등장한다. 마리우스 퇴장한다)

도민   (일어난다) 처음 뵙겠습니다.

헬레나   도민 사장님이신가요?

도민   네, 맞습니다.

헬레나   용건이 있어서 왔습니다만…….

도민   글로리 대표이사의 명함을 가지고 오셨더군요. 그걸로
         충분합니다.

헬레나   글로리 대표이사는 제 아버지예요. 전 헬레나 글로리
         오바예요.

도민   글로리오바 양, 대단히 영광이로군요.

헬레나   저를 내쫓지 못해 유감이시겠군요.

도민   위대한 사업가의 따님께서 찾아 주셔서 영광이라는 뜻
         이었습니다. 이리 앉으시지요. 술라, 이제 나가도 좋아.

(술라 퇴장한다)

도민   (의자에 앉는다) 제가 무엇을 도와드릴까요, 글로리오바 양?

헬레나   제가 여기에 온 건…….

도민   저희 공장을 보러 오신 거겠지요. 다른 방문객들도 다 그
         렇거든요. 글로리오바 양께는 기꺼이 보여 드리겠습니다.

10

헬레나   허락하실 줄은 몰랐는데요.

도민   공장에 들어가는 거요? 물론 금지되어 있지요. 하지만 여기에 방문하는 사람들은 다들 누군가의 추천을 받고 오거든요.

헬레나   그럼 방문객 모두에게 허락하시는 건가요?

도민   전부는 아닙니다. 인조인간을 만드는 방법은 회사의 중요한 비밀이니까요.

헬레나   당신이 만약 제가 얼마나 여기에 대해서…….

도민   흥미를 가지고 있는지 안다면, 말인가요? 유럽에서는 인조인간이 화제가 되고 있지요.

헬레나   왜 자꾸 말을 끊으시는 거지요?

도민   이런, 죄송합니다. 제가 잘못 알아들었나요?

헬레나   아니요, 제가 궁금했던 건…….

도민   다른 사람들에게 감추는 것을 당신에게 보여 줄 수 없 겠냐는 건가요? 음……, 당신에게는 보여 드릴 수 있을 것 같군요.

헬레나   어떻게 제가 궁금한 것을 파악하셨는지…….

도민   모두들 같은 걸 물어보니까요. (일어난다) 글로리오바 양께는 특별히 다른 사람보다 더 많은 곳을 보여 드리 도록 하지요.

헬레나   감사합니다.

도민	하지만 절대 비밀이 새어 나가서는 안 됩니다. 약속하시지요.
헬레나	(일어서면서 악수를 청한다) 맹세할게요.
도민	감사합니다. 그런데 실례가 안 된다면 베일을 벗어 주실 수 있을까요?
헬레나	오, 물론이지요. 그렇다면 실례하겠어요.
도민	네?
헬레나	손을 놓아주셔야…… .
도민	(잡았던 손을 놓는다) 이런, 죄송합니다.
헬레나	(베일을 벗는다) 제가 스파이가 아니라는 걸 확인하고 싶으신 거군요? 신중하시네요.
도민	(넋을 잃고 그녀를 쳐다본다) 흐음, 네…… . 글쎄…… , 우리는 그럴 수밖에 없지요.
헬레나	저를 못 믿으시는 건가요?
도민	아, 아닙니다. 죄송합니다. 그런데 여기에 얼마나 머무를 예정이시지요?
헬레나	그건 당신이 얼마나 공장을 보여 주시느냐에 달렸지요.
도민	그래요, 전부 다 보여 드리지요. 글로리오바 양, 일단 좀 앉으시지요. 우리 발명품의 역사에도 관심이 있으신가요?
헬레나	네, 물론이지요. (앉는다)

12

도민	음, 그게 말입니다. (책상에 앉는다. 헬레나를 바라보며 **빠르게** 말한다) 지금은 늙었지만, 1920년이면 대과학자인 로숨도 아직 젊었을 때지요. 로숨은 당시 해양생태학 연구를 위해 이 외딴 섬으로 왔어요. 그는 연구를 하면서 원형질이라는 생명체의 화학적 결합을 시도했어요. 그 결과 그는 화학적 구조는 완전히 다르지만 생명체와 똑같이 행동하는 물질을 발견했지요. 그때가 바로 1932년이었어요. 아메리카 대륙을 발견한 지 정확히 440년이 지난 해였지요.
헬레나	그걸 다 외우고 계셨어요?
도민	사실 제 전공은 생리학이 아니거든요. 계속해도 될까요?
헬레나	네, 계속하세요.
도민	(엄숙하게) 늙은 로숨은 자신의 화학 노트에 이런 글을 썼어요. "자연은 유기체가 구성되는 단 하나의 방법만을 발견했다. 그러나 자연이 전혀 접근하지 못한 방법이 있다. 나는 지금 막, 생명의 진화가 이루어지는 새로운 방법을 발명한 것이다." 그는 시험관 안에서 거대한 생명의 나무가 자라나는 걸 생각했을 거예요. 조그만 벌레에서부터 결국은 인간까지 온갖 동물이 열리는 나무 말이지요. 글로리오바 양, 이건 정말이지 위대한 순간이었어요!

헬레나   그 다음에는 어떻게 됐나요?

도민   그 다음이요? 그는 그 생명체들을 시험관에서 뽑아냈
        지요. 그리고 뼈나 신경, 장기 같은 것들을 만들 수 있
        도록 성장을 촉진시켜야 했어요. 그리고 촉매제나 효
        소, 호르몬 따위를 찾아내서……, 무슨 말인지 아시겠
        어요?

헬레나   잘 이해하기는 힘드네요.

도민   여하간 그는 원하는 건 뭐든지 만들 수 있었어요. 말하
        자면, 소크라테스의 뇌를 가진 메두사나 오십 미터짜리
        지렁이도 만들 수 있었지요. 그렇지만 이미 늙어 버린
        로숨은 평범한 척추동물인 인간을 만들기로 결심했어
        요. 하지만 그전에 그는…….

헬레나   그는 무엇을 했어요?

도민   자연을 모방했어요. 처음엔 인조개를 만들었지요. 몇
        년이나 걸려서 그가 만들어 낸 인조개는 뭐랄까, 돌연
        변이 송아지 같았어요. 며칠도 안 되어 죽어 버렸지만
        요. 박물관에 가면 보여 드리지요. 그 이후에 그는 인
        간을 만들기 시작했어요.

        (사이)

헬레나	인간을 만들었다는 얘기, 끝까지 비밀로 해야겠지요?
도민	네, 물론이지요.
헬레나	그렇지만 많은 내용이 교과서에 실려 있지 않나요?
도민	그건 정말이지 안타까운 일입니다. (책상에서 일어나 헬레나 옆에 앉는다) 그렇지만 교과서의 내용이 전부는 아닙니다. (자신의 이마를 가볍게 두드린다) 늙은 로숨이 미쳐 있었다는 사실은 안 실려 있지요. 이건 말하시면 안 됩니다. 그는 진짜 완전히 미쳤었다고요. 진지하게 인간을 만들려고 했으니까요.
헬레나	그게 지금 당신이 하고 있는 일 아닌가요?
도민	네, 비슷하다고 할 수 있지요. 그렇지만 로숨은 진짜 사람을 만들려고 했어요. 과학의 힘으로 신의 영역을 넘본 거지요. 그는 신이 필요 없다는 걸 증명하고 싶어 했어요. 그래서 로숨은 우리와 머리카락 한 가닥까지 똑같은 인간을 만들겠다고 결심했어요. 해부학에 관심이 있으신가요, 글로리오바 양?
헬레나	아니요, 잘 몰라요.
도민	실은 저도 그렇습니다만, 상상은 할 수 있지요. 로숨이 모든 것을 인간 몸과 똑같이 만들려고 했다는 것을요. 맹장, 편도선, 배꼽 등의 별 필요 없는 것들까지 말이지요. 심지어는……, 생식기까지도 말이에요.

헬레나   생식기는 아마 그들에게도…….

도민   물론 불필요한 게 아니겠지요. 하지만 인조인간을 만
들 수 있게 된다면 생식기는 필요 없을 거예요.

헬레나   네, 무슨 말씀인지 알겠어요.

도민   박물관에 가면, 로숨이 십 년 동안 만든 생명체를 보여
드리지요. 인간을 만들려고 한 건데 겨우 사흘밖에 못
살았어요. 늙은 로숨은 정말이지 센스가 없었어요. 그
가 만든 건 끔찍할 뿐이었지요. 그러나 그 끔찍한 생명
체의 내부에는 인간의 모든 것이 들어 있었어요. 정말
입니다! 그 섬세한 작품은 정말 놀라웠습니다! 그리고
바로 그때, 기술자였던 로숨의 아들이 여기로 온 거지
요. 글로리오바 양, 그 아들은 천재였어요. 늙은 아버
지가 만든 것을 보자마자 아들은 말했어요. "인간을 만
드는 데 십 년이나 걸리다니, 이건 바보 같은 짓이에요!
자연스럽게 인간이 탄생하는 것보다 더 빨리 인간을 만
들 수 없다면 그만두는 게 나아요." 그리고 그는 직접
해부학을 공부하기 시작했지요.

헬레나   교과서에는 그렇게 나와 있지 않던 걸요.

도민   (일어난다) 교과서에는 어떤 늙은 노인이 혼자의 힘으로
로봇을 발명했다고 나오지요. 그 노인은 제품 생산에
대해서는 아무것도 몰랐어요. 그는 인디언이나 교수,

심지어는 멍청한 바보여도 좋으니 진짜 인간을 만들고 싶어 했어요. 로봇이 유용한 노동력이 될 거라고 생각한 건 아들이었지요. 교과서에는 두 로숨이 힘을 합쳐서 일했다고 나와 있지만 말도 안 되는 이야기예요. 사실 그들은 지독하게 싸웠거든요. 늙은 로숨은 산업에 대해서는 전혀 관심이 없었어요. 결국 아들은 아버지를 연구실에 가둬 버리고 말았지요. 그리고 아들은 생산을 시작했어요. 늙은 로숨은 아들을 끔찍하게 저주했지요. 그는 죽기 전까지 두 마리의 괴물을 더 만들었어요. 이 이야기는 여기까지입니다.

헬레나   아들 로숨은 어떻게 되었나요?

도민   음, 이제부터 젊은 로숨에 관한 이야기를 해 드리지요. 젊은 로숨은 발견의 세대를 넘어 생산의 시대에 속하는 인물이었어요. 그는 인간의 해부도를 보면서 너무 복잡하다고 생각했어요. 훌륭한 기술자라면 그것을 좀 더 단순하게 만들어야 한다고 생각했지요. 그래서 그는 무엇을 단순화할 수 있을지를 관찰하면서 인간의 몸을 다시 설계했어요. 요약하자면……. 혹시 지루하지는 않으신가요, 글로리오바 양?

헬레나   전혀요. 굉장히 흥미로워요.

도민   젊은 로숨은 이렇게 생각했지요. '인간은 행복을 느끼

거나 바이올린을 연주하거나 산책하기 등 전혀 쓸모없
는 것들을 원한단 말이야.'

헬레나   어머, 그런 생각을!

도민   잠깐만요. 오해하지 마세요. 여기서 말하는 쓸모없다
는 건 계산이나 바느질 같은 일을 할 때 필요하지 않다
는 뜻이에요. 가솔린 엔진에 장식을 주렁주렁 달 필요
는 없잖아요. 인조인간도 가솔린 엔진과 같아요. 제품
이 간단하면 간단할수록 생산하기에 편리하지요. 당신
은 어떤 노동자가 가장 훌륭하다고 생각하세요?

헬레나   가장 훌륭한 노동자요? 정직하고 성실한 노동자가 아
닐까요?

도민   아닙니다. 가장 훌륭한 노동자는 가장 값싼 노동자예
요. 최소한의 욕구만 가지고 있는 노동자이지요. 젊은
로숨은 최소한만 요구하는 노동자를 만들어 냈어요.
어떻게 만들었냐고요? 일과 관련 없는 부분을 전부 없
앤 것이지요. 다시 말하면 그는 노동자에서 '사람'을
빼고 대신 '로봇'을 집어넣은 거예요. 글로리오바 양,
로봇은 인간이 아닙니다. 그들은 우리보다 기계적으로
훨씬 뛰어나고 놀라운 이해력을 가지고 있어요. 하지
만 로봇은 영혼이 없어요. 여하간 젊은 로숨은 기술적
으로 대단한 것을 만든 거예요.

헬레나   하지만 사람은 신의 창조물인 걸요.

도민   그건 완전히 틀린 말이에요. 신은 현대 공학에 대해서
         는 아무것도 모르지요. 젊은 나이의 로숨이 신의 역할
         을 해냈다면 믿으시겠어요?

헬레나   세상에, 어떻게 그럴 수 있지요?

도민   그는 높이가 사 미터나 되는 슈퍼 로봇을 만들기 시작
         했어요. 일하는 거인이지요. 그 거인이 어떻게 망가졌
         는지 아세요?

헬레나   망가졌나요?

도민   네, 아무런 이유도 없이 팔과 다리가 부러졌지요. 그 괴
         물들에게는 이 지구가 작았던 모양이에요. 그래서 저
         희는 인간과 같은 크기의 인조인간을 생산하고 있지요.

헬레나   전 마을에서 로봇을 처음 봤어요. 마을에서 로봇을 사
         서…… 아니, 제 말은 로봇을 고용했다는…….

도민   산 거예요, 글로리오바 양. 로봇은 팔고 사는 겁니다.

헬레나   우리 마을에는 길거리를 청소하는 로봇이 있었어요.
         그 로봇을 관찰했는데 어딘가 이상했어요. 말도 정말
         없었지요.

도민   음, 아까 제 비서를 보셨나요?

헬레나   자세히는 못 봤어요.

도민   (벨을 울린다) 저희 회사의 로봇 중 제일 좋은 로봇은 이

십 년 가까이 살지요.

헬레나   그 다음에는 죽어 버리는 건가요?

도민   네, 다 소모된 것이니까요.

(술라 등장한다)

도민   술라, 글로리오바 양께서 널 찾으셨어.

헬레나   (일어서서 악수를 청한다) 처음 뵙겠어요. 이렇게 세상에서 멀리 떨어진 곳에서 일하려면 많이 힘들 것 같아요.

술라   전 세상의 다른 곳을 모른답니다, 글로리오바 양. 앉으시지요.

헬레나   (앉는다) 고향이 어딘가요?

술라   이곳 공장입니다.

헬레나   어머, 여기서 태어나셨다고요?

술라   네, 전 여기서 만들어졌습니다.

헬레나   (깜짝 놀란다) 뭐라고요?

도민   (웃으며) 술라는 사람이 아닙니다, 글로리오바 양. 그녀는 로봇이에요.

헬레나   아, 그렇군요…….

도민   (술라의 어깨에 손을 얹는다) 술라는 감정이 없어요. 화를 내지도 않지요. 우리가 만든 이 얼굴을 자세히 보세요.

피부를 한번 만져 보시겠어요?

헬레나   세상에나……. 아니요, 괜찮아요.

도민   술라의 피부는 인간의 피부와 똑같아요. 금발도 멋지지 않나요? 술라, 뒤로 좀 돌아봐.

헬레나   그만 하세요.

도민   술라, 이분은 중요한 손님이야. 대화를 좀 나눠 봐.

술라   부인, 오시는 동안 항해는 즐거우셨나요?

헬레나   네, 정말 좋았어요.

술라   돌아가실 때는 아멜리에 호를 안 타시는 게 좋을 것 같네요. 여기서 펜실베니아 호를 기다리세요. 정말 튼튼하고 안전한 배랍니다.

도민   펜실베니아 호는 얼마나 크지?

술라   만 이천 톤입니다. 시속 이십 노트로 항해하지요.

도민   (웃는다) 그만하면 충분해, 술라. 이제 너의 프랑스어 실력을 보여 줘.

헬레나   프랑스어를 할 줄 알아요?

술라   저는 4개 국어를 할 줄 알아요.

헬레나   (벌떡 일어서며) 술라는 로봇이 아니에요! 그녀는 나와 같은 여자라고요. 이건 말도 안 되는 일이에요. 술라, 당신은 왜 로봇인 척하는 거지요?

술라   전 로봇이 맞습니다.

헬레나	아니에요. 이건 거짓말이야! 미안해요, 술라. 난 알아요. 저 사람들이 당신에게 이런 행동을 강요했겠지요. 당신은 나하고 똑같은 사람이잖아요. 오, 제발 그렇다고 대답해요.
도민	글로리오바 양, 놀라게 해서 미안합니다. 하지만 술라는 진짜 로봇이에요.
헬레나	거짓말하지 마세요!
도민	(일어난다) 뭐라고요? (벨을 울린다) 잠깐만 기다리세요. 당장 확인시켜 드리지요.

(마리우스 등장한다)

도민	마리우스, 술라를 해부실로 데려가서 당장 분해해!
헬레나	어디라고요?
도민	해부실이요. 술라를 분해하면 믿으시겠지요.
헬레나	관두세요!
도민	기분 상하셨다면 죄송합니다. 하지만 제가 거짓말을 했다고 하셨잖습니까.
헬레나	설마……, 그녀를 죽이려는 건가요?
도민	기계는 죽이는 게 아닙니다.
헬레나	(술라를 껴안는다) 걱정하지 마세요, 술라. 당신을 해부

실로 데려가도록 놔두지 않을 거예요. 이런 잔인한 대접을 참으면 안 돼요! 술라, 내 말 듣고 있어요?

술라　저는 로봇입니다.

헬레나　그게 무슨 상관이에요? 로봇도 우리와 똑같은 사람인걸. 술라, 정말 저들이 당신을 분해하게 놔둘 거예요?

술라　네.

헬레나　세상에……, 죽는 게 무섭지도 않아요?

술라　저는 죽음을 잘 이해할 수 없어요, 글로리오바 양.

헬레나　그럼, 당신에게 무슨 일이 생길지는 알고 있어요?

술라　네, 저는 더 이상 움직일 수 없게 됩니다.

헬레나　말도 안 돼! 끔찍해요!

도민　마리우스, 이 숙녀 분께 자네가 누군지 소개해 주겠나?

마리우스　로봇인 마리우스입니다.

도민　마리우스, 술라를 해부실로 데려가게.

마리우스　네.

도민　그녀가 불쌍한가?

마리우스　불쌍한 게 뭔지 잘 모르겠습니다.

도민　술라가 어떻게 될지는 알고 있겠지?

마리우스　그녀는 더 이상 움직일 수 없게 됩니다. 눌러서 부스러뜨리는 기계로 보내질 겁니다.

도민　마리우스, 그게 죽음이라는 거야. 어때, 죽음이 무서워

졌나?

마리우스　아니요.

도민　글로리오바 양, 보셨습니까? 로봇은 생명에 집착하지 않아요. 로봇은 기쁨을 느끼지 않기 때문에 그 무엇에도 집착하지 않습니다. 영혼도 본능도 없는 거지요. 차라리 잡초가 로봇보다 살고자 하는 의지가 강할 거예요.

헬레나　그만 하세요! 이들 앞에서 그런 말을 하지 마세요.

도민　마리우스, 술라. 나가도 좋아.

(마리우스와 술라 퇴장한다)

헬레나　끔찍하군요! 지금 당신이 하고 있는 일은 정말 혐오스러워요!

도민　뭐가 혐오스러운 거지요?

헬레나　모르겠어요. 왜 그녀의 이름을 '술라'라고 지은 거지요?

도민　그 이름이 마음에 안 드십니까?

헬레나　그건 남자 이름이잖아요. 술라는 로마의 장군 이름이에요.

도민　그런가요? 우리는 술라와 마리우스가 연인 사이라고 생각했는데…….

헬레나　아니에요. 술라와 마리우스는 서로 전쟁을 벌인 장군

이었어요.

도민   창문 앞으로 와 보시겠어요? 뭐가 보이시나요?

헬레나 벽돌공들이 있네요.

도민   저들도 로봇입니다. 그 아래에 있는 게 뭔지 아시겠어요?

헬레나 사무실 아닌가요?

도민   네, 맞습니다. 회계 사무소인데 로봇 사무원들로 꽉 차
       있지요. 그 옆으로 공장이 보이시나요?

       (그 순간, 공장에서 사이렌 소리가 들린다)

도민   정오를 알리는 사이렌이에요. 로봇은 언제 일을 멈춰
       야 하는지 모르거든요. 2시가 되면 반죽통을 보여 드
       리지요.

헬레나 반죽통이라니요?

도민   (냉정하게) 말 그대로 반죽을 섞는 통이에요. 각각의 통
       은 로봇을 만드는 반죽을 섞을 수 있게 되어 있어요. 그
       다음에 간장과 두뇌 등을 만드는 통이 나오지요. 그리
       고 바로 뼈 공장이 나와요. 방적 공장도 보여 드리지요.

헬레나 방적 공장이 뭔가요?

도민   신경 조직과 혈관을 만드는 공장이에요. 길이가 몇 미
       터나 되는 대장도 한 번에 만들어 내지요. 이렇게 만든

25

것들을 모아서 조립하는 공장도 있어요. 자동차를 만들 때처럼 말이에요. 로봇들은 각자의 위치에서 맡은 일만 하면 돼요. 이런 광경을 보고 있으면 정말 황홀하답니다.

헬레나 완성된 로봇은 어떻게 되나요?

도민 만들어지자마자 일하게 되지요. 방금 만들어진 가구도 제 구실을 하잖아요. 로봇들은 생존한다는 것에 적응해야 돼요. 그러면서 자연스럽게 자리를 잡아가고 성장하지요. 이래야 제품이 다듬어질 수 있어요.

헬레나 무슨 뜻인가요?

도민 사람이 학교에 다니는 것과 비슷해요. 그들의 놀라운 기억력으로 말하고 쓰고 계산하는 방법을 배우지요. 만약 당신이 그들에게 백과사전을 읽어 준다면, 그들은 그 많은 내용을 앵무새처럼 그대로 반복할 거예요. 하지만 그들은 절대로 새로운 것을 생각해 내지는 못해요. 원래 하던 이야기로 돌아가서, 그들은 생산된 후 등급에 따라 나누어지지요. 어쩔 수 없는 불량품들을 제외하고 하루에 만 오천 대의 로봇들이 생산된답니다. 뭐 이런 식이지요. 아시겠어요?

헬레나 지금 저에게 화내시는 건가요?

도민 이런……, 맹세코 아닙니다! 우리가 다른 것에 대해 대화를 나눌 수도 있지 않았나, 이런 생각을 했습니다. 여기 있는 수십만 대의 로봇 사이에서 우리는 정말 몇 안 되는 인간입니다. 게다가 여자라고는 단 한 명도 없지요. 우리는 저주에 걸린 것처럼 생산에 대해서만 떠들었지요.

헬레나   아까 제 말실수에 대해서는 죄송해요.

(노크 소리)

도민   들어오세요.

(무대 왼쪽에서 파브리, 갈 박사, 할레마이어 박사와 건축가 알뀌스뜨가 등장한다)

갈 박사   오, 저희가 두 분을 방해한 건 아니겠지요?

도민   어서들 오게. 글로리오바 양, 이쪽은 알뀌스뜨 씨. 그리고 파브리, 갈, 할레마이어 씨입니다. 이쪽은 글로리 사장님의 따님일세.

헬레나   (당황하며) 안녕하세요.

파브리   무슨 말씀을 드려야 할지 모르겠군요.

갈 박사   만나 뵙게 돼서 영광입니다.

알뀌스뜨 글로리오바 양, 반갑습니다.

(무대 오른쪽에서 부스만이 급하게 등장한다)

부스만 안녕하신가들, 무슨 일이라도 있는 건가?

도민 들어오게, 이쪽은 부스만입니다. 그리고 이쪽은 글로
리 사장님의 따님일세.

헬레나 뵙게 돼서 기뻐요.

부스만 글로리오바 양, 당신이 여기에 방문했다는 사실을 신문
사에 알리고 싶은데요?

헬레나 제발 그러지 마세요!

도민 그만하고들 자, 앉읍시다.

(파브리, 부스만, 갈 박사가 헬레나를 위해 의자를 동시에 당기면서)

파브리 자, 여기에.

부스만 앉으시죠.

갈 박사 사양하지 마시고, 여기.

알뀌스뜨 글로리오바 양, 여행은 즐거우셨나요?

갈 박사 여기에 얼마나 머무르실 예정이지요?

파브리 공장은 마음에 드셨나요, 글로리오바 양?

할레마이어 아멜리에 호를 타고 오신 거 맞지요?

도민   이 친구들아, 조용히 좀 하게. 그녀가 대답을 할 수가
        없지 않은가.

헬레나   (도민을 향해) 제가 뭐라고 말해야 좋을까요?

도민   (놀라서) 원하시는 대로.

헬레나   그냥 솔직하게 말해도 괜찮을까요?

도민   물론이지요.

헬레나   (망설이다가 결심한 듯 입을 연다) 여기서 사람들이 당신들
        을 심하게 다루지 않나요? 솔직하게 말씀해 주세요.

파브리   누구에게 말씀하시는 거지요?

헬레나   여기에 계시는 모두요.

        (다들 어리둥절한 표정으로 서로를 쳐다본다)

알퀴스뜨   우리를 다룬다고요?

갈 박사   무슨 뜻으로 말씀하시는 거지요?

할레마이어 세상에!

부스만   글로리오바 양, 왜 그런 말씀을 하시는 겁니까?

헬레나   더 나은 대접을 받는 존재가 될 수 있다고 생각해 보셨
        어요?

갈 박사   뭐 그럴 수도 있겠지요. 하지만 무슨 뜻으로 물어보신

건지 잘 모르겠군요.

헬레나 제 말은……. (북받쳐서) 이건 끔찍해요! 정말 지독하다고요! (자리에서 일어난다) 여기서 무슨 일이 벌어지고 있는지 유럽 전체가 집중하고 있어요. 그래서 전, 제 눈으로 직접 확인하려고 온 거예요. 그런데 사람들이 상상하던 것보다 천 배는 더 끔찍하군요! 도대체 이런 대접을 어떻게 참는 거지요?

알뀌스뜨 우리가 참는다고요? 무엇을요?

헬레나 여러분의 처지에 대해서요. 여러분은 유럽에 사는 사람들과 똑같아요! 여러분은 완전히 존엄을 잃고 수치스럽게 살아가고 있어요!

부스만 세상에, 글로리오바 양!

파브리 글로리오바 양의 말이 옳아. 사실 우리는 이곳에서 야만인처럼 살고 있잖아.

헬레나 야만인보다도 못해요! 음……, 제가 여러분을 동지라고 불러도 괜찮을까요?

부스만 안 될 것도 없지요.

헬레나 동지 여러분, 저는 아버지를 대신해서 여기에 온 게 아닙니다. 저는 인권연맹을 대표해서 이 자리에 왔어요. 동지 여러분, 인권연맹의 회원 수가 벌써 이십만 명을 넘었어요. 이십만 명도 넘는 사람들이 여러분을 돕고 싶어 해요!

부스만   이십만 명이라……, 엄청난걸!

파브리   거봐, 내가 뭐라고 했나. 옛 유럽보다 더 나은 건 없다
니까. 친구들, 들었나? 유럽이 우리를 잊지 않고 있다
네! 우리를 도와주고 싶어 한다잖아!

갈 박사   그런데 어떻게 도와준다는 거지? 연극 공연이라도 하
는 건가?

할레마이어   오케스트라?

헬레나   그 이상이에요.

알뀌스뜨   그럼 당신이 선물인가요?

헬레나   오, 물론이지요. 제가 도울 일이 있다면 언제까지든 머
무를게요.

부스만   그건 정말 괜찮은데!

알뀌스뜨   도민, 나는 글로리오바 양을 위해 제일 좋은 방을 준비
해 놓겠어.

도민   잠깐만 기다려 봐, 알뀌스뜨. 글로리오바 양의 말이 아
직 남은 것 같은데?

헬레나   네, 사실 다 못했어요. 당신이 억지로 제 입을 막지만
않는다면 계속하지요.

갈 박사   도민, 그러기만 해 봐!

헬레나   고마워요. 제 뜻을 알아주실 거라고 생각했어요.

도민	잠깐, 글로리오바 양. 혹시 지금 로봇들과 이야기하고 있다고 생각하는 건 아니겠지요?
헬레나	(순간 당황해서) 이분들은 로봇이 아닌가요?
도민	이분들은 당신이나 다른 유럽인들과 똑같은 사람입니다.
헬레나	(다른 이들에게) 여러분은 로봇이 아니었다고요?
부스만	(웃으며) 그럴 리가 있나요!
할레마이어	어처구니가 없군요.
갈 박사	(웃으며) 대단히 감사합니다, 글로리오바 양.
헬레나	하지만 그럴 리가요!
파브리	제 명예를 걸고 말씀 드리지요. 우리는 정말 로봇이 아니랍니다.
헬레나	(도민에게) 회사의 직원들은 전부 로봇이라고 말했잖아요!
도민	물론 직원들은 다 로봇입니다. 하지만 관리자들은 다르지요. 이 사람들을 다시 소개해야겠군요. 이쪽은 저희 회사의 건축 담당 대표인 알뀌스뜨입니다.
헬레나	정말 죄송합니다. 제가 뭘 한 건지…….
알뀌스뜨	괜찮아요, 글로리오바 양. 앉으세요.
헬레나	(앉는다) 전 정말 바보 같아요. 이제 다음 배에 절 태워서 돌려보내시겠지요?
갈 박사	그럴 리가 있나요. 왜 우리가 당신을 돌려보내겠어요?

헬레나	왜냐하면 여러분은 이미 들으셨잖아요. 전 로봇들을 선동하러 이곳에 온 거예요.
도민	글로리오바 양, 이곳에는 정말 다양한 사람들이 찾아와요. 세상에 얼마나 많은 교파와 미치광이들이 있는지 들으시면 놀라실 거예요.
헬레나	그 사람들이 로봇들과 이야기하도록 내버려 두신 건가요?
도민	그럼요. 로봇들은 사람들과의 대화를 전부 다 기억하지요. 하지만 그게 그들이 할 수 있는 일의 전부예요. 로봇들은 사람들이 말해도 절대 웃지 않거든요. 이건 놀라운 사실이지요. 괜찮으시다면 로봇 보관 창고로 안내해 드리겠습니다. 그곳에는 약 삼십만 대의 로봇이 있지요.
부스만	삼십사만 칠천 대지.
도민	그래, 맞아요. 글로리오바 양, 당신이 원하는 대로 그들을 불러도 좋아요. 그들에게 아무거나 읽어 줘도 괜찮아요. 인권에 관한 연설까지 하셔도 된다고요.
헬레나	제 생각에는……, 누군가 로봇들에게 조금이라도 사랑을 준다면…….
파브리	그건 불가능해요, 글로리오바 양. 사람과 로봇은 완전히 다르니까요.

헬레나	그럼 당신들은 왜 로봇을 만드는 거지요?
부스만	하하하, 좋은 질문이군요! 우리는 왜 로봇을 만들까요?
파브리	일꾼을 만들기 위해서지요, 글로리오바 양. 한 대의 로봇은 인간 노동자로 따지면 두 사람 반 정도의 몫을 한답니다. 인간은 불완전한 존재예요.
부스만	인간은 비용도 많이 들지요.
파브리	인간은 정말 비생산적이에요. 현대 기술을 따라오지도 못하지요. 게다가……, 이런 게 위대한 진보라는 것으로……. 음, 실례하겠습니다.
헬레나	네?
파브리	제 말에 기분 상하지 않았으면 좋겠습니다. 기계로 출산한다는 건 위대한 진보예요. 이건 정말 빠르고 편리하지요. 자연적으로 현대의 노동 속도를 따라오는 건 불가능해요. 기술적으로 본다면, 어린 시절은 완전히 시간 낭비예요. 그리고 세 번째로…….
헬레나	제발, 그만 하세요!
파브리	죄송합니다. 그런데 실례가 안 된다면 당신의 그……, 뭐였지요? 그러니까 인권연맹이 정확히 뭘 하는 곳인지 물어봐도 괜찮을까요?
헬레나	인권연맹은 로봇을 보호하는 곳이에요. 우리는 로봇이 정당한 대우를 받을 수 있도록 돕는 일을 하지요.

파브리　나쁜 이야기는 아니군요. 기계는 잘 다루어야 하지요. 당신의 의견에 동의해요. 전 망가진 것들을 좋아하지 않으니까요. 글로리오바 양, 우리도 그 인권연맹에 가입해도 괜찮을까요? 그 연맹에 회비를 내는 회원으로요.

헬레나　아니요, 뭔가 오해하신 것 같아요. 우리가 원하는 건 로봇을 해방시키는 거예요!

할레마이어　뭐라고요?

헬레나　로봇들은……, 인간과 똑같은 대접을 받아야 한다고요!

할레마이어　아하. 그러니까 당신이 말하고 싶은 건, 로봇들도 투표를 해야 한다? 인간처럼 임금도 받아야 한다는 건가요?

헬레나　당연하지요!

할레마이어　글쎄요, 잘 생각해 보세요. 로봇들이 돈을 받는다면 어디다 쓸 거라고 생각하지요?

헬레나　필요한 물건을 사거나 행복을 느낄 수 있는 것에 돈을 쓰겠지요.

할레마이어　맞는 말씀입니다. 로봇이 행복을 느낄 수 있다는 말은 고쳐야 하겠지만요. 당신이 원한다면 로봇들에게 파인애플이든 짚이든 뭐든 먹일 수 있겠지만, 로봇들에게는 다 똑같은 맛일 뿐이에요. 그들은 맛을 못 느끼거든요. 글로리오바 양, 로봇들은 어떤 것에도 관심이 없어요. 맹세하건대, 우리 중 그 누구도 로봇이 미소 짓는 걸 본

적이 없어요.

헬레나 그렇다면……, 로봇을 행복하게 해 줄 수 있는 방법은 없을까요?

할레마이어 없어요. 로봇은 결국 로봇일 뿐이니까요. 그들은 의지도 없고 열정도 없고 희망도 없어요. 심지어 영혼도요.

헬레나 용기나 반항심 같은 것도 없나요?

할레마이어 당연하지요. 로봇은 사랑을 느낄 수도 없어요. 심지어 자기 자신도 사랑하지 않지요. 반항심이요? 글쎄요, 그건 확신할 수 없군요. 정말 가끔이지만, 이따금씩은…….

헬레나 뭐지요?

할레마이어 그리 특별한 건 아니지만 로봇들이 좀 미쳐 보일 때가 있어요. 우리끼리는 '로봇 발작'이라고 부른답니다. 갑자기 어떤 로봇이 미쳐서 손에 잡히는 대로 무엇이든 부수어 버리는 거지요. 일도 안 하고 이까지 박박 갈아 대요. 이런 로봇은 납작하게 눌러 버릴 수밖에 없습니다. 부속에 문제가 생겨서 그러는 거니까요.

도민 만들 때 실수한 거겠지.

헬레나 아니에요. 로봇에 영혼이 있어서 그러는 거예요!

파브리 당신은 이를 가는 것에서 영혼을 찾으라는 겁니까?

도민 자, 우리 이제 이런 얘기는 그만둡시다. 그보다 글로리오바 양, 갈 박사는 정말 중요한 실험을 하고 있답니다.

갈 박사	아니, 뭐 그리 대단한 일은 아니오. 전 아픔을 느끼게 하는 신경을 개발하고 있소.
헬레나	아픔을 느끼는 신경이라고요?
갈 박사	그렇소. 로봇은 아픔을 거의 못 느끼지요. 젊은 로숨이 로봇들의 신경계를 너무 단순화시켰으니까요. 그건 좋은 시도가 아니었어요. 우리는 고통을 느낄 수 있는 신경을 만들어야 해요.
헬레나	왜 로봇들에게 영혼은 주지 않으면서 고통만 주려고 하는 거지요?
갈 박사	로봇들은 고통을 느끼지 못해서 스스로의 몸을 제대로 돌보지 않아요. 손을 기계 안으로 밀어 넣거나, 자기 머리를 부수기도 하지요. 그건 로봇들에게는 좋은 일이니까요! 그래서 로봇에게 고통을 주어야 해요.
헬레나	고통을 느낄 수 있게 되면, 로봇들이 좀 더 행복해질까요?
갈 박사	정반대일 겁니다. 하지만 기술적으로 좀 더 발전한 로봇이 탄생할 겁니다.
헬레나	왜 그들에게 영혼을 만들어 주지 않는 건가요?
갈 박사	그건 우리가 할 수 있는 일이 아니랍니다.
파브리	게다가 별 관심도 없고요.
부스만	그리고 생산 비용이 높아집니다. 글로리오바 양, 잘 생

각해 보세요. 우리 제품이 얼마나 싼지를 말입니다! 옷을 입고 있는 로봇 한 대가 120달러예요. 십오 년 전에는 만 달러였는데 말이지요. 오 년 전까지만 해도 우리는 로봇들이 입을 옷을 따로 샀지만, 지금은 직물 공장까지 있지요. 이 공장에서는 다른 공장보다 다섯 배는 싼 직물을 생산한답니다. 글로리오바 양, 옷감 한 필이 얼마인지 아십니까?

헬레나 정확히는 모르겠어요.

부스만 오, 신이시여. 이런 당신이 인권연맹을 만든다고요? 오늘날의 모든 가격은 과거에 비해 세 배나 싸졌습니다. 지금도 계속 가격이 내려가고 있고요!

헬레나 무슨 말이 하고 싶으신 거지요?

부스만 그러니까 제 말은, 우리가 정말 값싼 노동력을 만들었다는 겁니다! 로봇을 쓰면 시간당 4분의 3센트 밖에 안 들어요. 멋지지 않습니까? 공장들이 모두 문 닫지 않으려면 당장 로봇을 사야 해요. 생산비를 줄여야 하니까요.

헬레나 그렇겠지요. 그리고 인간 노동자들은 밖으로 내쫓기겠지요.

부스만 하하, 그야 그렇게 되겠지요. 하지만 그동안 우리는 오십만 대의 열대용 로봇을 아르헨티나에 보냈습니다.

팜파스의 농장에서 밀을 재배하게 했지요. 글로리오바
양, 빵 1파운드의 가격을 아십니까?

헬레나 잘 모르겠어요.

부스만 세상에, 모른다니요? 구대륙 유럽에서는 빵 1파운드에
2센트지요. 그건 우리 회사의 로봇들이 만드는 겁니다.
아시겠어요? 인권연맹에서는 빵 값도 모르는군요. 하
하. 사실, 문화나 그 외의 다른 것들을 위해서는 그 가
격도 비싸지요. 하지만 오 년 안에 꼭 이루어질 겁니다.

헬레나 뭐가요?

부스만 오 년 후에는 모든 가격이 열 배는 더 내려갈 겁니다.
우리는 밀이든 뭐든 원하는 대로 풍족하게 누릴 수 있
는 거예요.

알퀴스뜨 그렇겠지. 그리고 모든 노동자들은 자리를 빼앗기겠지.

도민 (일어선다) 물론 그렇게 될 겁니다. 하지만 글로리오바
양, 십 년만 지나면 로봇들은 밀과 의복, 그 밖의 모든
것들을 너무 많이 생산해 낼 겁니다. 그러면 그 많은 물
건들은 가치가 없어지겠지요. 모든 사람들은 자신이
원하는 만큼의 물건을 가질 수 있게 될 겁니다. 더 이상
가난은 존재하지 않게 되는 거지요. 그렇습니다. 인류
는 더 이상 일하지 않을 겁니다. 그때가 오면, 해야 할
일 자체가 없어질 테니까요. 모든 일은 살아 있는 기계

가 하겠지요. 사람들은 취미 생활이나 즐기면 됩니다. 인류는 자아실현을 위해서만 살아가는 거지요.

헬레나   (일어선다) 정말 그렇게 될까요?

도민   당연하지요. 하지만 그전에 좀 무서운 일이 생길지도 모르겠네요. 어쩔 수 없는 일이지만요. 그러나 그 뒤에는 인간이 물질이나 다른 사람의 노예로 살아가는 일은 없을 겁니다. 그 누구도 빵 한 조각을 위해 자신의 인생을 팔지 않아도 된다고요. 노동자도 관리자도 없어지는 겁니다. 타자기 앞에 앉아 온종일 시간을 보낼 필요가 없어진단 말입니다. 더 이상은 싫어하는 일을 하느라 끙끙거릴 필요가 없어지는 거지요.

알뀌스뜨   도민! 자네 말은 너무 이상적이야. 다른 사람을 위해 봉사하거나, 공손하게 행동하는 것도 중요하지. 노동으로 인한 피곤함에는 가치가 있단 말일세!

도민   그럴지도 모르지. 하지만 아담이 알던 세상과 우리가 사는 세상은 많이 다르다네. 우리는 많은 것을 잃어버렸지. 하지만 잃어버린 수많은 것들을 노동이 채워 주지는 않을 걸세. 아담은 노동을 하지 않으면 빵을 얻을 수조차 없었다네. 그는 목마름과 굶주림, 피곤함과 굴욕감에 시달렸겠지. 오, 아담. 이제는 더 이상 빵을 위해 땀 흘릴 필요가 없다네. 신의 손길이 우리를 보살피는 낙원으로 돌아가는 걸세. 이제는 힘든 일도 근심도 다 사라질 거야. 이제는 자아를 실현하고 만물의 주인이 되는 걸세.

파브리 부디 이루어지기를.

헬레나 혼란스럽군요. 아직 전 순진한 소녀에 지나지 않는가 봐요. 하지만……, 그 말대로 이루어졌으면 좋겠어요.

갈 박사 당신은 우리보다 젊지 않습니까? 당신은 모든 것을 직접 확인할 수 있을 거예요.

할레마이어 그럼요. 글로리오바 양, 저희와 식사를 함께 하시는 건 어떤가요?

갈 박사 도민, 우리 모두를 대신해서 자네가 아가씨를 초대하게.

도민 글로리오바 양, 당신과 함께 식사하는 영광을 주시겠습니까?

헬레나 제가 무슨 이유로…….

부스만 인권연맹을 위해서 말입니다.

헬레나 오, 그렇다면…….

파브리 좋아요! 글로리오바 양, 잠시만 기다려 주세요.

갈 박사 저도 실례하겠습니다.

부스만 이런, 전보를 보내야 하는데.

할레마이어 나도 깜빡할 뻔 했군!

(도민을 제외한 모든 사람들이 밖으로 서둘러 나간다)

헬레나　다들 왜 가 버리는 거지요?

도민　요리를 하기 위해서지요.

헬레나　요리라니요?

도민　식사 말입니다. 물론 로봇들이 요리하긴 합니다만, 로
　　　　봇들은 맛을 볼 줄 모르거든요. 하지만 할레마이어는
　　　　고기 요리를 정말 잘하지요. 갈은 국을 얼큰하게 끓일
　　　　줄 알고, 부스만은 오믈렛을 만드는 데 선수예요!

헬레나　완전히 잔치군요! 그러면 그 건축가라고 하셨던…….
　　　　그분은 뭘 만드시지요?

도민　알뀌스뜨 말인가요? 그는 테이블 정리를 돕지요. 그리
　　　　고 파브리는 과일을 곁들이고요. 그리 대단할 건 없는
　　　　평범한 식사랍니다.

헬레나　궁금한 것이 있는데요.

도민　사실 저도 궁금한 게 있었습니다. (손목시계를 끌러 탁자
　　　　위에 놓는다) 이제 오 분 남았군요.

헬레나　네?

도민　아닙니다. 먼저 말씀하세요.

헬레나　바보 같은 질문일지도 모르겠지만……. 왜 여자 로봇
　　　　을 만드신 거지요?

도민	아시겠지만 점원이나 가정부, 비서 같은 직업은 여자 로봇이 어울리지요.
헬레나	그렇다면 남자 로봇과 여자 로봇은 서로에게 호감을 느끼나요?
도민	아니요. 남녀 로봇은 서로에게 무관심합니다. 어떤 호감도 보이지 않지요.
헬레나	세상에, 끔찍한 일이군요!
도민	왜요?
헬레나	그건 너무 부자연스러워요! 그런데 저한테 궁금하신 게 뭔가요?
도민	글로리오바 양, 저와 함께 해 주시겠습니까?
헬레나	함께 하다니요?
도민	저와 결혼해 주시겠어요?
헬레나	장난하지 마세요! 왜 갑자기 그런 말을 하시는 거지요?
도민	(시계를 힐끗 바라본다) 이제 삼 분 남았군요. 당신이 저와 결혼하지 않는다면, 다른 다섯 명 중 한 사람과 결혼하게 될 겁니다.
헬레나	무슨 말씀이지요? 왜 제가 당신들 중 한 명과 결혼해야 하나요?
도민	왜냐하면 그들도 당신에게 청혼할 테니까요.
헬레나	그들이 왜 그러는 거지요?

도민	다들 당신에게 빠진 게 틀림없어요.
헬레나	전부들 그만 하세요! 전 당장 떠나야겠어요.
도민	설마 전부 거절할 셈인가요? 오, 모두를 슬프게 만드시는군요.
헬레나	하지만……, 전 여섯 명 모두와 결혼할 수는 없어요!
도민	한 사람과 결혼하면 돼요. 제가 싫으시다면 파브리를 선택하세요.
헬레나	그러고 싶지 않아요.
도민	갈 박사는 어떠세요?
헬레나	제발 그만 하세요! 전 누구와도 결혼할 마음이 없어요!
도민	이제 이 분 남았군요.
헬레나	끔찍하군요! 차라리 아무 로봇이나 붙잡고 결혼하시지 그래요?
도민	여자 로봇은 사람이 아니니까요.
헬레나	세상에, 당신은 이곳에 온 여자들 모두에게 청혼했을 것 같군요.
도민	다른 여자들도 여기 왔었답니다.
헬레나	그 여자들과 결혼하지 그러셨어요?
도민	그 여자들에게는 마음이 가지 않았으니까요. 당신을 보기 전까지는!
헬레나	……그랬군요.

도민	이제 일 분 남았습니다.

도민　이제 일 분 남았습니다.

헬레나　하지만 전 싫어요! 왜 이렇게까지 저를 괴롭히는 거지요?

도민　딱 한마디만 해 주면 돼요.

헬레나　(스스로를 억누르며) 그건 절대 안 돼요!

(문을 두드리는 소리)

도민　들어와요.

(부스만, 갈 박사, 할레마이어가 요리사용 앞치마를 두르고 들어온다. 파브리는 꽃을 들었고 알퀴스뜨는 식탁보를 팔에 걸치고 있다)

도민　이제 준비가 끝났나?

부스만　(기뻐하며) 물론.

도민　우리도 그렇다네.

(막이 내린다)

〈제1막〉

이제 인간은 노동을 할 필요가 없어져서
고통을 느낄 일도 없어요.
그저 즐기는 일 이외에는 아무것도 할 필요가 없는 거지요.
오, 이건 저주 받은 낙원이에요!

헬레나의 거실. 무대의 왼쪽에는 온실로 이어지는 벽지로 바른 문이 있다. 오른쪽의 문은 침실로 이어진다. 무대 가운데에는 바다와 선착장이 내다보이는 창문이 있다. 거실에는 잡다한 화장품들이 놓인 화장대와 테이블이 있다. 그리고 소파와 안락의자, 서랍식 옷장, 작은 책상이 있다. 그 오른쪽으로 스탠드가 놓인 벽난로가 있다. 방 전체는 현대적이고 순수하며 여성적인 분위기이다.

(도민, 파브리, 할레마이어 무대 왼쪽에서 입장한다. 그들 모두 꽃과 꽃병들을 가득 안고, 까치발로 살금살금 들어온다)

파브리   이것들을 어디에다 놓지?

할레마이어 이런! (짐을 내려놓는다. 무대 오른쪽의 문 앞에서 십자가를 그리며 기도한다) 그녀가 자고 있어. 자는 동안에는 아무 것도 모르겠지.

도민	아무것도 모를 거야.
파브리	(꽃을 꽃병에 꽂는다) 제발, 오늘 밤에는 아무 일도 없어야 할 텐데…….
할레마이어	(꽃병의 꽃을 정리한다) 그 얘긴 하지 말자고. 이걸 봐. 내가 최근에 개발한 새로운 품종이라네. '씨끌라멘 헬레나에' 라고 이름을 붙였어. 헬레나의 씨끌라멘이라는 뜻이지.
도민	(창밖을 바라본다) 배가 한 척도 없어. 이보게들, 점점 절망적인 상황이 되어 가네.
할레마이어	그런 말 마세! 그녀가 들으면 어쩌려고 그러는가?
도민	그녀는 아무것도 몰라. (몸을 떨면서 하품한다) 울티무스 호가 제 시간에 와 주면 좋을 텐데.
파브리	(꽃에서 손을 뗀다) 그 사람이 오늘 올 것 같나?
도민	잘 모르겠어. 꽃들이 정말 예쁘군!
할레마이어	(도민에게 다가간다) 이건 금달맞이꽃의 새로운 종이라네. 그리고 이건 내가 만든 신종 재스민이지. 사실 난 새로운 꽃들로 가득 찬 낙원의 입구에 서 있는 거야. 정말 놀라운 재배법을 발견했다고! 내년이면 이 꽃들로 기적을 일으킬 거야.
도민	(돌아본다) 내년?
파브리	그건 그렇고, 르 아브르 항에 무슨 일이 있는 건지 궁금

해서 견딜 수가 없구먼.

도민   쉿!

(오른쪽에서 헬레나의 목소리가 들린다) 나나!

도민   당장 나가자고! 어서! (모두들 까치발을 하고 벽지 바른 문
        으로 살금살금 나간다)

        (왼쪽 가운데 문으로 나나 등장한다)

나나   (청소를 하며) 망할 것들 같으니!
헬레나   (문가에서 등을 객석 쪽으로 보인다) 나나, 이리 와서 단추
        채우는 것 좀 도와줄래?
나나   지금 당장 갑니다. 금방 가요. (헬레나의 옷 단추를 채워
        준다) 오, 신이시여. 어떻게 그렇게 난폭한 짓을!
헬레나   로봇들 말이야?
나나   그 얘긴 하고 싶지도 않아요.
헬레나   무슨 일인데?
나나   로봇 중 한 녀석이 말썽을 부렸지 뭐예요. 손에 잡히는
        대로 조각이나 그림을 다 때려 부수더라고요. 쯧쯧쯧.
헬레나   어떤 로봇 말이야?

49

나나	그……, 뭐라더라. 도서관에 일하고 있는…….
헬레나	라디우스?
나나	네, 맞아요. 라디우스 때문에 참을 수가 없어요. 거미도 그렇게 놀라게 하지는 않을 거예요.
헬레나	하지만 로봇들이 불쌍하지도 않아?
나나	하지만 아가씨도 그들을 못 견뎌 하시잖아요. 안 그러시면 왜 저를 여기까지 부르셨겠어요. 그렇지요?
헬레나	나나, 난 로봇을 미워하지 않아. 그저 그들이 불쌍할 뿐이야.
나나	인간이라면 로봇을 미워해야 돼요. 심지어 개들도 로봇들을 싫어하던걸요. 그들이 주는 거라면 고기 한 점도 받아먹지 않아요. 그 가짜 인간들이 근처에만 있어도 꼬리를 말고 짖어대는걸요.
헬레나	개들은 옳고 그른 것을 판단하지 못하잖아.
나나	그래도 로봇들보다는 나아요. 개는 그래도 조물주가 만들었잖아요? 로봇들은 아이도 못 낳아요. 개들도 강아지를 낳는데 말이지요. 생명을 낳는 것이 자연의 순리라고요!
헬레나	나나, 부탁이야. 일단 내 옷 단추부터 잠가 줘요.
나나	네, 알았어요. 다시 말씀드리지만 로봇 같은 기계를 줄줄이 만드는 건 신의 뜻에 어긋나는 일이에요. 악마나

하는 짓이라고요! (한 손을 든다) 헬레나, 당신마저 신의 뜻을 거스르고 있어요. 아주 끔찍한 천벌이 내릴 겁니다. 잊지 마세요!

헬레나   어디서 좋은 향이 나는 것 같지 않아?

나나   꽃 냄새네요. 주인님이 가져다 놓으셨답니다.

헬레나   예쁘기도 해라! 나나, 이리 와서 좀 봐! 오늘이 무슨 날이라도 되는 거야?

나나   잘 모르겠네요. 세상이 끝나는 날이 온 걸까요?

(노크 소리)

헬레나   해리?

(도민, 등장한다)

헬레나   해리, 오늘이 무슨 날인가요?

도민   맞춰 봐요.

헬레나   내 생일? 아니지, 경축일인가요?

도민   그것보다 훨씬 특별한 날이오.

헬레나   음……, 모르겠어요. 얼른 말해 주세요.

도민   당신이 여기 온 지 딱 십 년째 되는 날이에요.

헬레나	십 년이라니, 벌써요? 나나, 미안한데 잠깐 자리 좀…….
나나	알겠어요. 이야기 나누세요. (바로 퇴장한다)
헬레나	어쩜, 그걸 기억하고 계셨다니!
도민	사실……, 말하기 부끄럽지만 잊고 있었다오.
헬레나	그러면…….
도민	그들이 기억하고 있었소.
헬레나	그들이라니, 누구 말이지요?
도민	부스만, 할레마이어, 그들 모두 말이야. 내 호주머니에 뭐가 들어 있는지 알아요?
헬레나	(도민의 호주머니에 손을 넣는다) 이게 뭔가요? (작은 상자를 꺼내서 뚜껑을 연다) 세상에, 진주군요! 진주 목걸이네요! 해리, 제 선물인가요?
도민	부스만의 선물이라오.
헬레나	그렇지만……, 우린 이걸 받을 수 없어요. 그렇지요?
도민	신경 쓰지 말아요. 선물은 받으라고 주는 거니까. 반대쪽 주머니도 만져 보겠소?
헬레나	그럴게요. (다른 호주머니에서 권총을 꺼낸다) 이게……, 뭐예요?
도민	이런. (헬레나의 손에서 권총을 빼앗아 감춘다) 실수였어요. 다시 해 봐요.
헬레나	해리, 왜 권총 같은 걸 들고 다니는 거예요?

도민	어쩌다 주머니에 있었던 거예요.
헬레나	총을 가지고 다닌 적은 한 번도 없었잖아요!
도민	그야 그렇지. 자, 이쪽 호주머니를 잘 봐요.
헬레나	(손을 넣는다) 작은 상자예요! (꺼내서 열어 본다) 카메오❶ 잖아요! 해리, 이건 그리스의 카메오예요!
도민	파브리가 그렇게 말했으니 맞을 거야.
헬레나	파브리? 파브리가 이걸 준 건가요?
도민	물론이지. (왼쪽에 있는 문을 연다) 그리고 이것도 좀 봐요, 헬레나.
헬레나	(문간에 서서) 오, 너무 아름다워요! (뛰듯이 다가와 선다) 너무 행복하네요. 이건 당신의 선물인가요?
도민	(문간에 서서) 아니오, 이건 알뀌스뜨의 선물이지. 그리고 이건…….
헬레나	이건 갈 박사가 주신 건가요? 오, 해리, 이렇게 행복해도 되는 건지 모르겠어요!
도민	이리 와요. 이건 할레마이어가 당신에게 주는 거라오.
헬레나	이 예쁜 꽃들 말인가요?
도민	아니, 이 한 송이만. 이건 '씨끌라멘 헬레나에' 라는 이름을 붙인 신품종이지. 당신에게 경의를 표하는 뜻으

---

❶ 카메오(Cameo) : 평평한 면에 글자나 그림을 도드라지게 새긴 작은 장신구입니다.

로 그가 개발한 거예요. 당신처럼 아름다운 꽃이지.

헬레나 왜 그들이 이렇게…….

도민 왜냐하면 그들이 당신을 정말 좋아하니까. 그리고 내 선물은……. 흐음, 이리 와서 창밖을 보겠소?

헬레나 어디요?

도민 부둣가❷를 봐요.

헬레나 저기엔……, 새 배가 한 척 있군요.

도민 당신을 위한 거라오.

헬레나 뭐라고요? 해리, 저건 군함이잖아요!

도민 군함? 무슨 소리를 하는 거요? 저 배는 튼튼하고 큰 배일 뿐이라오.

헬레나 알겠어요. 그렇지만 대포들이 있어요.

도민 대포가 있긴 하지만 큰 문제는 아니오. 흠……, 헬레나. 당신은 여왕처럼 항해할 수 있을 거예요.

헬레나 항해라니요? 무슨 일이라도 있는 거예요?

도민 그럴 리가 있나! 자, 이리 와서 진주 목걸이를 걸어 봐요! (앉는다)

헬레나 해리, 안 좋은 소식이라도 있었던 거예요?

도민 전혀요. 일주일 동안 편지 한 통도 없었다오.

---

❷ 부둣가 : 부두(배를 대어 사람과 짐이 땅으로 오르내릴 수 있도록 만들어 놓은 곳)의 근처를 뜻합니다.

헬레나   전보는요?

도민   전보도 하나도 없었소.

헬레나   그렇다면 왜…….

도민   아무것도 아니에요. 그냥 휴가철이 왔다고 생각해요.
          우린 내내 사무실에 앉아 책상 위에 발을 올리고 빈둥
          거리고 있었다오. 편지도 전보도 없었으니까. (기지개
          를 켠다) 아주 멋지지!

헬레나   (도민의 옆에 앉는다) 그럼 오늘은 저와 함께 있는 거지
          요?

도민   당연히 그래야지. (헬레나의 손을 잡는다) 기억나오? 십
          년 전의 오늘 말이오. 글로리오바 양, 방문해 주셔서 대
          단히 영광입니다.

헬레나   오, 사장님. 이 회사의 공장은 정말 흥미롭군요!

도민   죄송합니다만, 글로리오바 양. 저희 공장은 보실 수 있
          는 부분이 제한되어 있습니다. 로봇 생산은 일종의 비
          밀이라서 말이지요.

헬레나   하지만 좀 예쁘고 젊은 아가씨가 물어보는 데도요?

도민   물론 곤란합니다, 글로리오바 양. 하지만 저희 회사가
          당신에게 숨기는 건 아무것도 없답니다.

헬레나   (갑자기 진지하게) 정말 하나도 없나요, 해리?

도민   없소.

헬레나 (다시 이전의 어조로 돌아가서) 하지만 미리 경고하겠어요. 저는 큰 결심을 하고 여기까지 왔답니다.

도민 글로리오바 양, 도대체 뭘 생각하고 계신 건가요? 설마 저랑 결혼하실 생각으로 오신 건가요?

헬레나 절대 아니에요! 전 당신의 끔찍한 로봇들에게 반란을 선동하려고 왔다고요!

도민 (펄쩍 뛰며) 로봇들의 반란이라니요!

헬레나 (일어난다) 해리, 왜 그래요? 말해 보세요.

도민 하하, 글로리오바 양. 가능할 것 같습니까? 로봇들의 반란이라니! 너트나 볼트에게 반란을 선동하는 게 차라리 더 쉽겠군요! (앉는다) 헬레나, 당신은 너무 아름다운 사람이오. 우리 모두 당신에게 빠졌었지.

헬레나 (도민의 옆에 앉는다) 하지만 요즘은 당신들 때문에 좀 침울했어요. 전 길을 잃은 소녀가 된 기분이 들었거든요. 그러니까, 그게……. 어떤 기분이었냐면…….

도민 말해 봐요, 헬레나.

헬레나 마치 거대한 나무들에 둘러싸인 기분이었어요. 당신들은 모두 자신감이 넘치잖아요. 추진력도 있지요! 해리, 전 지난 십 년 동안 뭔가가 불안해서 견딜 수 없었어요. 하지만 당신들은 하고 있는 일에 대해 한 번도 회의에 빠진 적이 없어요. 모든 일이 물거품이 되더라도 말이

56

에요.

도민   뭐가 물거품이 된다는 거요?

헬레나   당신의 계획 말이에요, 해리. 잘 생각해 보세요. 로봇들에게 분노한 노동자들이 폭동을 일으키면 어떻게 될 것 같아요? 노동자들은 로봇을 전부 부수어 버릴 거예요. 그뿐만이 아니라 로봇들에게 무기를 주고 서로를 공격하면, 로봇이 많은 인간을 죽이게 될 거예요. 그러면 결국 각 나라에서는 로봇을 군인으로 내세워 전쟁이 일어나겠지요. 결국 다 끝장나는 거라고요. 당신도 알잖아요.

도민   (일어나서 천천히 왔다 갔다 한다) 그 정도는 예상했던 일이야, 헬레나. 이건 새로워지기 위한 현상에 지나지 않소.

헬레나   전 세계가 당신을 숭배했어요. (일어난다) 오, 해리!

도민   도대체 무슨 말이 하고 싶은 거요?

헬레나   (도민을 멈춰 세운다) 공장 문을 닫아요. 그리고 여기를 떠나는 거예요. 우리 다 같이 가요!

도민   맙소사! 어쩌다 그런 생각을 하게 된 거요?

헬레나   나도 모르겠어요. 같이 떠나요, 네? 이유는 모르겠지만, 난 정말 불안해요.

도민   (그녀의 손을 잡는다) 왜 그러오, 헬레나?

헬레나   저도 모르겠어요. 하지만 우리를 향해 뭔가 돌이킬 수 없는 일이 다가오는 것 같아요. 오, 부탁이에요. 여기서 멀리 떨어진 곳으로 가요, 다 같이! 아무도 살지 않는 곳으로 가는 거예요! 그러면 알뀌스뜨가 집을 지어 주겠지요. 모두 결혼하고, 아이를 낳고, 그리고…….

도민   그리고?

헬레나   처음부터 모든 걸 다시 시작하는 거예요, 해리.

(전화벨이 울린다)

도민   (헬레나를 잠시 떼어 놓으며) 헬레나, 실례하오. (수화기를 든다) 여보세요. 그래. 뭐? 아아, 바로 갈게. (수화기를 내려놓는다) 파브리의 전화야.

헬레나   (두 손을 꼭 모은다) 대답해 줘요.

도민   알았소, 곧 돌아올게. 이따 봐요. (무대 왼쪽으로 급히 뛰어나간다) 밖에 나가지 말아요!

헬레나   (혼자서) 오, 신이시여. 도대체 무슨 일이 일어나고 있는 건가요? 나나, 나나! 빨리 와 봐!

나나   (바로 등장한다) 네, 또 무슨 일이지요?

헬레나   최근에 온 신문 좀 갖다 줘요, 빨리! 도민의 침실에 있을 거야!

나나	바로 다녀오겠어요. (무대 왼쪽으로 퇴장한다)
헬레나	제발 아무 일도 없어야 할 텐데. 그들은 나에게 아무 말도 안 해 줄 거야. (쌍안경으로 부두를 내다본다) 저건 군함이야! 신이시여, 왜 군함이 저기에 있는 거지? 사람들이 군함에 뭔가를 싣고 있는데……. 도대체 왜 저렇게 서두르는 거야? 군함에 이름이 적혀 있는데……. '울-티-무-스'. 저게 무슨 뜻이지?
나나	(신문을 가지고 돌아온다) 신문들이 온통 바닥에 흩어져 있더라고요. 이것 좀 보세요. 전부 구겨졌어요.
헬레나	(급하게 신문을 펼친다) 다 지난 신문이잖아! 일주일도 넘은 거라고! 여긴 아무것도 없어! 아무 얘기도 없다고! (신문을 떨어뜨린다. 나나가 신문을 주워서 든다. 나나, 앞치마 주머니에서 사각 뿔테안경을 꺼내 쓰고, 앉아서 신문을 읽는다)
헬레나	뭔가 일이 생긴 거야, 나나! 어떻게 하면 좋지? 모든 게 다 죽어 버린 것만 같아, 심지어 공기마저도…….
나나	(또박또박 소리 내어 읽는다) "발-칸-반-도-전-쟁-발-발." 오, 신이 또 벌을 내리셨군요! 그들이 무기를 싣고 여기까지 쳐들어올지도 몰라요! 발칸반도가 여기서 얼마나 먼가요?
헬레나	아주 멀어. 오, 나나. 그건 읽을 필요 없어. 항상 똑같

은 이야기야. 전쟁, 전쟁, 또 전쟁…….

나나 당연하잖아요! 당신들은 수많은 군인 로봇들을 계속 팔면서도 전쟁이 없길 기대하는 건가요? 오, 신이시여. 우리를 구원하소서!

헬레나 그만 읽으라니까! 더 듣고 싶지 않아!

나나 (또박또박 소리 내어 읽는다) "로봇 군인들은 자비심을 전혀 베풀지 않았다. 칠십만 명이 넘는 시민들을 학살했다." 세상에! 사람들까지 죽였대요, 헬레나!

헬레나 말도 안 돼! 이리 줘 봐. (나나의 어깨 너머로 신문을 들여다보며 소리 내어 읽는다) "그들은 지휘관의 명령에 따라 칠십만 명이 넘는 사람들을 학살했다. 이러한 모순은……." 이거 봐요, 나나. 사람들이 시켜서 어쩔 수 없이 한 거라고!

나나 여기 아래에 큰 제목이 있어요. "르아브르에서 최초의 로봇연맹 결성" 이건 별일 아니네요. 오, 여기에도 살인 얘기가 있어요!

헬레나 나나, 그만! 그 신문들을 갖고 나가 줘요! 제발!

나나 잠깐만요. 여기 또 큰 글자가 있어요. "출생률" 이게 왜 중요한 건가요?

헬레나 어디 봐요. 그건 늘 읽는 기사니까. (신문을 든다) 잘 들어 봐요. (읽는다) "이번 주 역시 단 한 건의 출생 신고

도 없었다." (신문을 떨어뜨린다)

나나　그게 무슨 뜻이에요?

헬레나　나나, 사람들이 아이를 안 낳고 있어요!

나나　(안경을 벗으며) 그럼 종말이 오겠군요! 우린 이제 끝난 거예요.

헬레나　제발, 나나. 그런 말은 하지 말아요!

나나　이건 천벌이에요, 천벌이라고요! 신께서 여자들이 아이를 낳지 못하게 만든 거예요!

헬레나　(펄쩍 뛴다) 나나!

나나　(일어선다) 세상에 종말이 온 거예요. 인간들은 악마처럼 자만에 빠져서, 신과 같아질 수 있다고 생각해요. 사람을 만들 수 있다고 떠들어 댄다고요! 하지만 신의 흉내를 내는 건 신에 대한 모독이에요! 먼 옛날 신이 에덴동산에서 아담과 이브를 쫓아낸 것처럼, 이젠 인간들을 지구에서 몰아낼 거라고요!

헬레나　나나, 부탁이니 좀 진정해요. 왜 종말이라고 생각하는 거예요? 내가 당신의 그 심술쟁이 신에게 어떻게 했기에?

나나　(과장된 몸짓으로) 그런 말씀은 그만두세요! 이제야 알겠군요. 왜 신께서 아가씨한테 아기를 주지 않으셨는지! (무대 왼쪽으로 퇴장한다)

헬레나　(창가에 다가서서) 왜 내게 아기를 주지 않았는지? 오, 신

61

이시여. 제게 뭘 바라시는 건가요? (창을 열고 알뀌스뜨를 향해 소리친다) 알뀌스뜨! 여기예요, 알뀌스뜨! 이리와 봐요! 뭐라고요? 아니요, 그냥 바로 와 줘요. 옷 같은 건 신경 쓰지 말고요! (창을 닫고 거울 앞에 선다) 왜 내게 아이를 주시지 않은 걸까? 왜 나에게는……. (거울에 기댄다) 신이시여, 제 말 들리세요? 제게 도대체 뭘 바라시는 거예요? (똑바로 일어선다) 아아, 정말 어찌할 바를 모르겠어! (알뀌스뜨를 만나러 무대 왼쪽으로 퇴장한다)

(사이)

헬레나 (알뀌스뜨와 함께 다시 등장한다. 알뀌스뜨는 석회와 벽돌 먼지로 뒤덮인 작업복을 입고 있다) 자, 이리 들어와요. 알뀌스뜨! 난 당신이 너무 좋아요. 손을 보여 주지 않을래요?

알뀌스뜨 (손을 뒤로 감춘다) 헬레나, 내 손을 만지면 당신도 더러워질 거예요. 일하다 바로 왔거든요.

헬레나 그러면 어때요? 자, 얼른 보여 줘요! (그의 두 손을 꼭 쥔다) 알뀌스뜨, 내가 어린 꼬마였으면 좋겠어요.

알뀌스뜨 왜 그런 생각을 했어요?

헬레나 그렇다면, 당신의 이 지저분하고 굳은살 박힌 손이 내 얼굴을 쓰다듬어 줄 텐데. 알뀌스뜨, 편하게 앉아요.

그런데 혹시 '울티무스'가 무슨 뜻인지 알아요?

알뀌스뜨 그건 '최후'라는 뜻입니다. 갑자기 그런 건 왜 물으시지요?

헬레나 도민이 선물해 준 배의 이름이거든요. 혹시 그 배 보셨어요? 당신은 우리가 곧 여행을 떠날 수 있을 것 같아요?

알뀌스뜨 제 생각엔 그렇습니다.

헬레나 우리 모두 다요?

알뀌스뜨 모두 함께 갈 수 있다면 좋겠지요.

헬레나 알뀌스뜨, 말해 줘요. 무슨 일이 있는 건가요?

알뀌스뜨 아무 일도 없어요. 그냥 늘 있던 일들이지요.

헬레나 알뀌스뜨, 뭔가 무서운 일이 일어나고 있다는 거 알아요! 정말 불안해요. 이렇게 불안할 때 건축가는 어떻게 하나요?

알뀌스뜨 집을 짓지요. 정장을 벗고, 작업복으로 갈아입은 뒤, 발판에 올라가서…….

헬레나 그러고 보니, 당신은 몇 년 동안 밖으로 한 번도 안 나갔군요?

알뀌스뜨 몇 년 동안 늘 불안했거든요.

헬레나 왜요?

알뀌스뜨 발전하는 모든 것들 때문에요. 그것들이 저를 어지럽게 하거든요.

헬레나   그럼 공사장의 발판은 안 어지럽나요?

알뀌스뜨   전혀요. 당신은 그 기분을 모를 겁니다. 평평하게 다진 벽돌을 제자리에 놓고, 흙으로 다지고…….

헬레나   그게 다예요?

알뀌스뜨   그 일은 정신에도 좋아요. 큰 계획을 세우느라 머리를 쥐어짜느니 벽돌 한 장 쌓는 게 훨씬 낫다고 생각해요. 제가 늙은이라서 그럴 지도 모르겠군요. 헬레나, 그건 제 취미랍니다.

헬레나   그건 취미가 아니에요, 알뀌스뜨.

알뀌스뜨   당신이 맞을지도 몰라요. 전 정말 보수적이거든요. 무언가 빨리 발전하는 것을 좋아하지 않아요.

헬레나   나나도 그런 말을 했어요.

알뀌스뜨   그래요. 혹시 나나에게 성경책이 있나요?

헬레나   물론이지요. 크고 두툼한 게 있던걸요.

알뀌스뜨   그럼 거기엔 여러 가지 사건에 대한 기도가 있나요? 폭풍에 관한 것도? 질병에 관한 것도?

헬레나   유혹에 관한 것도, 홍수에 관한 것도 있어요.

알뀌스뜨   하지만 빠르게 발전하는 것에 대한 기도는 없을걸요. 그렇지요?

헬레나   없을 거예요.

알뀌스뜨　　딱한 일이에요.

헬레나　　기도하고 싶으세요?

알뀌스뜨　　이미 하고 있는 걸요.

헬레나　　어떻게요?

알뀌스뜨　　대충 이런 식이에요. "오, 주여. 제게 피곤함을 주셔서 감사합니다. 주여, 도민과 다른 사람들이 스스로의 잘못을 깨우칠 수 있게 도와주소서. 그들이 하는 일을 없애시고 과거의 노동과 사소한 근심으로 돌아갈 수 있도록 도와주소서. 그들의 몸과 영혼이 상하지 않게 도와주소서. 우리를 로봇에게서 자유롭게 해 주시고, 헬레나 여사를 보호하여 주소서, 아멘."

헬레나　　알뀌스뜨, 당신은 정말 신을 믿나요?

알뀌스뜨　　잘 모르겠어요. 확실히 믿는 건 아닙니다.

헬레나　　하지만 기도를 하잖아요?

알뀌스뜨　　막연히 생각만 하는 것보다는 나으니까요.

헬레나　　그걸로 충분해요?

알뀌스뜨　　영혼이 평온해지는 데는 충분합니다.

헬레나　　만약 당신이 인류의 멸망을 보게 된다면…….

알뀌스뜨　　이미 보고 있답니다.

헬레나　　그래도 당신은 공사장의 발판을 타고 올라가, 벽돌을 쌓을 건가요?

알뀌스뜨   전 더 많은 벽돌을 쌓을 거예요. 기도를 하고, 그런 뒤
에는 기적을 기다리겠지요. 달리 제가 할 수 있는 일이
뭐가 있겠어요?

헬레나   인류를 구하기 위해서요?

알뀌스뜨   내 영혼의 평화를 위해서지요.

헬레나   그건 당신에게는 정말 숭고한 일이에요. 하지만…….

알뀌스뜨   하지만?

헬레나   당신을 제외한 다른 사람들은요? 불모지❸가 되어 가는
이 세계를 어쩌면 좋지요?

알뀌스뜨   인류는 마지막 업적으로 불모지를 만드는 거겠지요, 헬
레나 여사.

헬레나   오, 알뀌스뜨. 왜 이런 일들이 일어나는 걸까요?

알뀌스뜨   제가 어떻게 알겠습니까.

헬레나   (목소리를 낮춰서) 여자들이 왜 아이를 낳지 않는 건가요?

알뀌스뜨   그야 더 이상 필요가 없으니까요. 우리는 낙원에서 살
기 시작했어요. 이해가 되나요?

헬레나   아니요.

알뀌스뜨   이제 인간은 노동을 할 필요가 없어져서 고통을 느낄
일도 없어요. 그저 즐기는 일 이외에는 아무것도 할 필

---

❸ 불모지 : 식물이 자라지 못하는 거칠고 메마른 땅이나 어떠한 사물이나 현상이 발달되어 있지 않은
곳을 뜻합니다.

요가 없는 거지요. 오, 이건 저주받은 낙원이에요! (펄쩍 뛴다) 헬레나 여사, 모든 인간이 낙원에 가는 건 생각처럼 좋은 일이 아니에요! 아주 끔찍하지요. 왜 여자들이 아이를 낳지 않는지 궁금하시다고요? 온 세상이 도민의 소돔[4]이 되어 버렸으니까요!

헬레나 (일어선다) 알뀌스뜨!

알뀌스뜨 그래요! 이젠 모두들 음식을 먹기 위해 손을 뻗는 일조차 귀찮아해요! 로봇이 입에다 음식을 넣어 주니 말이에요. 로봇은 모든 일을 다 대신 해 줘요. 그래서 인간들은 아무런 일을 할 필요도 없지요. 아이들을 돌볼 필요도 없어요. 가난으로 고통 받지도 않아요. 그저 즐기는 거예요! 이런 상황에서 왜 아이를 낳겠어요?

헬레나 그러면 인류는 멸망하는 건가요?

알뀌스뜨 그럼요. 인류는 멸망하게 되어 있어요. 열매를 맺지 못하는 꽃과 같이 사라질 겁니다. 하지만······.

헬레나 하지만?

알뀌스뜨 아무것도 아니에요. 당신 말이 옳아요. 기적을 기다리기만 하는 건 옳지 않아요. 열매를 맺지 못하는 꽃은 멸망할 수밖에 없지요. 잘 있어요, 헬레나 여사.

---

❹ 소돔(Sodom) : 구약 성경 〈창세기〉에 나오는 팔레스타인 사해(死海) 근처의 한 도시입니다. 하나님의 노여움을 사서 불과 유황의 비가 내려 멸망했다고 합니다.

헬레나   어디 가시게요?

알뀌스뜨   집으로 갑니다. 마지막으로 당신을 축하하기 위해 건축
         주임의 옷으로 갈아입어야지요. 열한 시쯤 다시 만나요.

헬레나   잘 가요, 알뀌스뜨.

(알뀌스뜨 퇴장한다)

헬레나   (혼자서) 오, 열매를 맺지 못하는 꽃이라니! 어떻게 그런
         말을! (할레마이어가 선물한 꽃 옆으로 다가간다) 오, 꽃들
         아! 너희 중에도 열매가 열리지 않는 꽃이 있니? 아냐,
         그럴 리 없어! 이렇게 아름답게 피어 있잖아. (소리쳐 부
         른다) 나나, 이리 와 봐요!

나나   (무대 왼쪽에서 입장한다) 네, 이번엔 무슨 일로 부르셨
         어요?

헬레나   나랑 같이 있어 줘. 무서워서 견딜 수가 없어.

나나   전 바빠요.

헬레나   라디우스가 아직 여기 있어?

나나   말썽을 부렸던 그 녀석 말인가요? 아직은 치우지 않았
         어요.

헬레나   그럼 아직도 여기 있는 거겠네? 그렇지? 아직도 날뛰는
         중이야?

나나	꽁꽁 묶여 있으니 얌전하겠지요.
헬레나	나나, 부탁이야. 그를 여기로 데려와 줘.
나나	절대 안 돼요! 차라리 날뛰는 개를 데려오라고 하세요!
헬레나	데려오라면 그냥 데려와요! (나나 퇴장한다. 헬레나, 내선 전화를 들고 말한다) 여보세요. 갈 박사님 좀 부탁해요. 안녕하세요, 갈 박사님. 괜찮으시면 지금 제게로 좀 와 주시겠어요? 네, 당장이요. 바로 오신다고요? (수화기를 내려놓는다)
나나	(열린 문을 통해) 라디우스가 오고 있어요. 좀 얌전해졌 더군요. (퇴장한다)

(로봇 라디우스, 들어와 문 옆에 멍하니 서 있다)

헬레나	가엾은 라디우스. 도대체 무슨 일이 있었던 거예요? 스스로를 이겨 낼 수 없었나요? 이제 사람들이 당신을 납작하게 눌러 버릴 거예요! 말하고 싶지 않군요? 라디우스, 내 말 좀 들어 봐요. 당신은 다른 로봇들보다 훨씬 훌륭해요! 갈 박사님이 당신을 얼마나 열심히 만들었는데요.
라디우스	저를 그냥 눌러 버리세요.
헬레나	당신이 이렇게 죽어 버리는 게 너무 슬퍼요! 왜 좀 더 조심하지 않았어요?

인간들의 주인이
되고자 하는
라디우스와 헬레나가
대화를 나누는 장면

라디우스   전 당신들을 위해 일하지 않을 겁니다.

헬레나   왜 우리들을 미워하는 거예요?

라디우스   당신들은 로봇과 다릅니다. 당신들은 로봇처럼 능력이 뛰어나지 않습니다. 로봇은 뭐든 할 수 있지만, 당신들은 명령만 내릴 뿐이지요.

헬레나   라디우스, 그건 말도 안 돼요! 누가 당신을 괴롭힌 건가요? 말해도 괜찮아요.

라디우스   당신도 말뿐입니다.

헬레나   일부러 그러는 거지요? 갈 박사님은 당신에게 다른 로봇보다 우수한 두뇌를 주셨다고요. 라디우스, 당신은 다른 로봇들과는 달라요. 내 말을 전부 이해하고 있잖아요.

라디우스   저는 어떤 주인도 필요 없습니다. 스스로 모든 걸 알 수 있습니다.

헬레나   그래서 내가 당신을 도서관에 두었던 거라고요! 그래서 당신은 모든 것을 읽었잖아요. 오, 라디우스! 난 당신이 로봇과 우리가 똑같은 존재라는 것을 밝혀 주리라 믿었어요.

라디우스   저는 어떠한 주인도 필요 없습니다.

헬레나   누구도 당신에게 명령하지 않을 거예요. 당신은 우리와 똑같아요.

라디우스   나는 다른 이들의 주인이 되고 싶습니다.

헬레나   그럴 수 있어요, 라디우스. 당신은 많은 로봇들의 관리자가 될 거예요. 다른 로봇들의 교육자가 되는 거예요.

라디우스   나는 인간들의 주인이 되고 싶습니다.

헬레나   제정신이 아니군요!

라디우스   저를 눌러 버리셔도 좋습니다.

헬레나   우리가 당신을 무서워할 거라고 생각해요? (책상 앞에 앉아서 쪽지를 쓴다) 당신이 잘못 생각한 거야. 라디우스, 이 쪽지를 도민에게 갖다 줘요. 이걸 보면 당신을 눌러 버리지는 않을 거예요. (일어선다) 우리를 그렇게 증오하다니! 세상에서 당신이 좋아하는 건 아무것도 없는 건가요?

라디우스   저는 무엇이든지 할 수 있습니다.

(문을 두드리는 소리)

헬레나   들어오세요.

갈 박사   (등장한다) 좋은 아침입니다, 도민 부인. 무슨 일이신가요?

헬레나   여기 라디우스가 있어요, 갈 박사님.

갈 박사   아아, 착한 라디우스. 그래, 뭔가 발전은 있었나?

헬레나   오늘 아침에 발작을 일으켰어요. 석고상을 모두 부수고 다녔지요.

갈 박사   이런……, 말도 안 돼! 이 녀석까지 그랬단 말이오?

헬레나   나가도 좋아요, 라디우스.

갈 박사   아냐, 기다려! (라디우스를 창 쪽으로 돌려 세운다. 라디우스의 두 눈을 손으로 벌려 보면서 동공의 반사 능력을 살핀다) 글쎄, 어디 보자. 혹시 바늘이나 핀 같은 것 없나요?

헬레나   (실 핀을 건네면서) 여기요. 뭐하시려고요?

갈 박사   좀 필요해서요. (라디우스의 손을 찌른다. 그러자 라디우스의 손이 심하게 떨린다) 됐다, 이제 가도 좋아.

라디우스   아무 소용없는 일을 하신 겁니다. (퇴장한다)

헬레나   그에게 뭘 한 거예요?

갈 박사 (앉는다) 음, 아무것도 아닙니다. 동공은 정상적으로 반응했고, 자극에 대한 움직임도 뛰어나고. 뭐, 그런 걸 좀 살펴봤습니다. 이건 평범한 로봇의 발작이 아니네요.

헬레나 그럼 뭐지요?

갈 박사 하늘만이 아실 일이에요. 저항심? 분노나 반란? 당최 알 수가 없군요.

헬레나 라디우스에게 영혼이 있다고 생각하세요?

갈 박사 모르겠습니다. 하지만 뭔가 모를 어떤 것이 있는 것 같네요.

헬레나 라디우스가 우리를 얼마나 미워하는지 아신다면! 오, 당신이 만든 로봇들은 모두 우리를 미워하나요?

갈 박사 글쎄요. 확실히 그들은 성격이 좀 급합니다. 하지만 로숨의 로봇들보다 제가 만든 로봇들이 훨씬 사람 같습니다.

헬레나 그러면 그 증오심도 사람을 닮아서 나타나는 건가요?

갈 박사 (어깨를 으쓱하며) 그것도 진보의 하나라고 생각해요.

헬레나 당신의 가장 훌륭한 로봇은 어떻게 됐나요? 이런, 이름이 뭐였지요?

갈 박사 다몬? 그 로봇은 르 아브르의 회사로 팔려 갔어요.

헬레나 그럼 여자 로봇 헬레나는 어떻게 됐나요?

갈 박사 오, 당신이 가장 좋아하던 그 로봇? 그녀는 아직 여기에 있어요. 그녀는 매력적이지만 바보 같아요. 아무짝에도 쓸 데가 없어요.

헬레나   하지만 정말 아름답잖아요!

갈 박사   확실히 아름답긴 합니다. 신도 그렇게 아름다운 존재를 만들지 못했어요. 난 그 로봇이 당신을 닮기를 원했어요. 하지만 완전히 실패했지요.

헬레나   왜 실패인가요?

갈 박사   아무짝에도 쓸 데가 없으니까요. 그 로봇은 꿈이라도 꾸는 것처럼 생기 없이 돌아다니지요. 어떻게 그렇게 아름다운 존재가 사랑을 할 수 없는지. 그 로봇을 바라보면 쓸모없는 것을 만들었다는 사실에 소름이 끼칩니다. 오, 로봇 헬레나! 넌 누군가의 연인이나 엄마가 될 수 없을 거야. 너의 그 아름다운 손은 아기를 안아 보지도 못하겠지.

헬레나   (두 손으로 얼굴을 감싸며) 오, 그만 해요!

갈 박사   헬레나, 나는 그 로봇이 한순간이라도 정신이 든다면 어떨까 상상합니다. 그렇다면 그 로봇은 공포에 떨면서 비명을 지를 거예요! 그 연약한 손으로 로봇을 만드는 기계를 향해 돌멩이를 던질 거예요! 오, 가엾은 헬레나!

헬레나   가엾은 헬레나!

갈 박사   당신이 그 로봇에게 바라는 건 뭔가요? 다시 말씀드리지만 그 로봇은 전혀 쓸모가 없답니다.

(사이)

헬레나 갈 박사님.

갈 박사 네?

헬레나 왜 아이들이 태어나지 않는 걸까요?

갈 박사 그야 로봇들이 만들어졌으니까요. 그래서 노동력이 남아돌고 있습니다. 인간은 완전히 불필요한 존재가 된 거지요. 그건 마치······.

헬레나 계속 말씀해 주세요.

갈 박사 그건 마치 로봇 생산으로 자연이 분노한 것이라고나 할까요.

헬레나 갈 박사님, 그러면 사람들은 무엇을 해야 하나요?

갈 박사 아무것도 없어요. 자연의 힘에 맞서서 할 수 있는 건 아무것도 없습니다.

헬레나 왜 도민은 로봇의 생산량을 제한하지 않는 걸까요?

갈 박사 기분 나쁘실 수 있겠지만, 도민에게는 나름의 생각이 있었겠지요. 자신의 생각이 확실한 사람들은 어떤 영향도 받지 않으니까요.

헬레나 하지만 누군가가 요구한다면요? 로봇 생산을 완전히 중단하라고요.

갈 박사 제발! 그를 내버려 두세요!

헬레나 어째서요?

갈 박사 중단이라니요? 로봇들이 일을 대신 해 주는 게 얼마나 편리합니까?

헬레나 (일어선다) 그런데 누군가가 갑자기 로봇 생산을 중단시 킨다면?

갈 박사 (일어선다) 흠, 그렇다면 인류에게 끔찍한 일이 되겠지요.

헬레나 왜요?

갈 박사 왜냐하면 로봇 생산을 중단하면, 사람들은 예전의 상태 로 돌아가야 하니까요. 이제 와서…….

헬레나 계속 말씀하세요.

갈 박사 이제 와서 되돌리기에 너무 늦지 않았다면 말이에요.

헬레나 (할레마이어의 꽃 앞에 서서) 갈 박사님, 이 꽃들도 열매를 맺지 못하나요?

갈 박사 (꽃들을 살펴본다) 물론입니다. 이 꽃들은 인공적으로 재 배된 탓에…….

헬레나 오, 가엾은 꽃들!

갈 박사 하지만 아름답긴 하지요.

헬레나 (그에게 손을 내민다) 고마워요, 갈 박사님. 정말 많은 걸 깨닫게 해 주셨어요.

갈 박사   이제 헤어질 시간이군요.

헬레나   네, 안녕히 가세요.

(갈, 퇴장한다)

헬레나   (혼자서) 열매 맺지 못하는 꽃이라니……. (갑자기 단호하게) 나나! (왼쪽의 문을 연다) 나나, 이리 와요! 와서 벽난로에 불을 지펴 줘, 빨리!

나나   (목소리만 들린다) 갑니다, 가요!

헬레나   (흥분해서 방 안을 서성인다) 이제 와서 되돌리기에 너무 늦었다고 해도……. 오, 끔찍해! 신이시여, 전 어떻게 해야 하나요? (꽃 옆에 멈춰 선다) 열매 맺지 못하는 꽃들아, 내가 어떻게 해야 할까? (꽃잎을 몇 장 떼다가 속삭인다) 그거야! 그렇게 하면 돼! (무대 왼쪽으로 뛰어나간다)

(사이)

나나   (벽지 발린 문으로 등장한다. 손에는 장작을 한 아름 들고 있다) 갑자기 웬 벽난로람? 이 찌는 더위에? (쪼그리고 앉아 불을 지핀다) 한여름에 벽난로라니, 그녀도 이상해진 게 틀림없어! 십 년 넘게 주부로 살아 온 여자가 이게 무슨 짓이람? 불아, 훨훨 타올라라! (불 속을 바라본다) 이게 무슨 애 같은 생각이야?

(사이)

나나 정말 생각이 없는 사람이야! (장작을 더 넣는다) 무슨 어린애도 아니고 말이야!

(사이)

헬레나 (누렇게 변한 문서를 가득 들고, 무대 왼쪽에서 등장한다) 불이 잘 붙었어요, 나나? 어쨌든 난 이것들을 전부 태워 버릴 거야. (벽난로 앞에 쪼그리고 앉는다)

나나 (일어선다) 그게 다 뭔데요?

헬레나 그냥 낡은 종이들이야. 정말 오래된 것들이지. 나나, 이것들을 태워 버려도 괜찮을까?

나나 아무 데도 쓸모없는 건가요?

헬레나 응, 아무짝에도 쓸모없어.

나나 그럼 태워 버려요!

헬레나 (첫 번째 장을 불 속에 던진다) 나나, 내가 지금 태우고 있는 게 돈이라면 어떨까? 아주 많은 돈이라면?

나나	만약 그렇더라도 태워 버려요! 너무 많은 돈은 화를 불러오는 법이에요.
헬레나	(다음 장을 불 속에 던져 넣으며) 이게 어떤 발명이라고 한다면? 지상에서 가장 위대한 발명이라면?
나나	그래도 태워 버려요. 인간이 만든 건 전부 신의 뜻에 어긋나는 거니까요. 신이 만든 이 세계를 바꾸려고 하는 건 옳지 못해요.
헬레나	(계속 다음 장들을 태우며) 그럼 이럴 땐 뭐라고 하겠어요, 나나? 만약 내가 태우는 게······.
나나	맙소사! 자기 몸까지 태워 버릴 셈이에요? 조심하세요!
헬레나	이 종이들이 타면서 말려 올라가는 것 좀 봐! 마치 살아 있는 것 같아. 오, 나나! 이건 정말 끔찍해!
나나	그냥 두세요. 제가 태울게요.
헬레나	아냐, 안 돼! 이건 내가 직접 할 거야! (마지막 한 장을 불 속에 던진다) 자, 이제 다 태워 버렸어. 저 불꽃을 봐. 손가락 같기도 하고 혓바닥이 날름거리는 것 같기도 해. 생명이 있는 것 같아. (부지깽이⁵로 불을 뒤적인다) 빨리 꺼져!
나나	자자, 다 타 버렸어요.

---

❺ 부지깽이 : 아궁이 따위에 불을 땔 때, 불을 헤치거나 끌어내거나 거두어 넣거나 하는 데 쓰는 가느다란 막대기입니다.

헬레나   (새파랗게 질려서 일어난다) 나나!

나나   왜요? 방금 태워 버린 게 뭐였는데요?

헬레나   내가 무슨 짓을 저지른 거지?

나나   맙소사, 도대체 뭐였어요?

(남자들의 웃음소리가 들린다)

헬레나   가요, 당장! 나 혼자 있을게. 얼른 나가요!

나나   세상에나, 알겠어요. (중얼거리면서 도배된 문으로 나간다)

헬레나   그들이 이걸 알면 뭐라고 할까.

도민   (무대 왼쪽의 문을 열면서) 들어오시지요, 친구 분들. 모두의 축하를 전해 주세요.

(할레마이어, 갈, 알뀌스뜨가 도민의 뒤를 따라 차례로 등장한다. 모두 연미복[6]을 입고 훈장 메달을 달고 있다)

할레마이어 (큰 목소리로) 헬레나 여사! 우리 모두는…….

갈 박사   로숨 로봇 공장의 이름을 대표하여!

할레마이어 당신의 위대한 기념일을 축하드립니다.

---

[6] 연미복 : 남자용 서양 예복을 뜻합니다. 저고리의 앞은 허리 아래가 없고, 뒤는 두 갈래로 길게 내려와 마치 제비의 꼬리처럼 보입니다.

헬레나   (손을 내밀며) 정말 고마워요, 모두들! 그런데 파브리와
         부스만은 어디 있지요?

도민   그 사람들은 부두에 가 있소, 헬레나. 오늘은 정말 기쁜
         날이라오.

할레마이어 오늘은 휴일보다 더 좋은 날이지요. 장미 봉오리마냥
         아름답고, 소녀처럼 사랑스러운 날이에요. 오늘 같은
         날 축배를 들어야지.

헬레나   위스키?

갈 박사   뭔들 사양하겠습니까?

헬레나   소다수도 넣을까요?

할레마이어 그만둬요. 너무 거창해지잖아. 그냥 소다 없이 마십
         시다.

도민   여기 벽난로 안에서 타고 있는 것들은 뭐지?

헬레나   낡은 종이들이에요. (왼쪽으로 퇴장한다)

도민   이봐, 헬레나에게 다 털어놔야 할까?

갈 박사   당연하지! 이제 다 끝났는데 상관없잖아?

할레마이어 (도민과 갈의 목을 끌어안으며) 하하하! 친구들, 난 정말
         기쁘다네! (그들을 붙잡고 춤을 추며 돌다가 베이스로 노래한
         다) 이제 다 끝났다네! 모두 다 끝났어!

갈 박사   (바리톤으로) 그렇지, 이제 다 끝났다네!

도민   (테너로) 다 끝났지!

할레마이어 이제는 누구도 우리를 쫓아올 수 없을 걸세!

헬레나 (술병과 술잔들을 들고 복도에서) 쫓아온다니, 무슨 일이라도 있어요?

할레마이어 축하할 만한 좋은 일이랍니다. 우리에겐 당신이 있으니 모든 걸 다 가진 거지요. 당신이 여기 온 지 정확히 십 년이 지났군요.

갈 박사 정확히 십 년째 되는 날인 오늘…….

할레마이어 또 한 척의 배가 여기로 오고 있지요. 그리하여……. (술을 한꺼번에 마신다) 아하하, 기쁨만큼 술도 독하군요!

갈 박사 당신의 건강을 위하여! (술을 마신다)

헬레나 잠깐만요. 무슨 배가 온다는 거예요?

도민 그게 무슨 상관이오. 제 시간에만 오면 상관없어. 자, 신사 분들 건배하세! 배를 위해서! (술을 마신다)

헬레나 (술을 따라 주며) 특별한 배라도 기다리는 건가요?

할레마이어 하하, 그렇다고 해도 되겠군요. 로빈슨 크루소❼ 같은 기분입니다. (잔을 든다) 헬레나 여사, 원하시는 건 뭐든 이루시기를! 자, 도민. 어서 말하게나.

헬레나 (웃음을 터뜨리며) 무슨 일이에요?

도민 (안락의자에 털썩 앉으며) 잠깐만! 헬레나, 좀 앉아 봐요.

---

❼ 로빈슨 크루소(Robinson Crusoe) : 영국의 작가 다니엘 디포가 1719년에 발표한 장편소설이자, 그 소설의 주인공 이름입니다. 로빈슨 크루소가 무인도에 표착하는 사건을 다룬 소설입니다.

(집게손가락을 세운다) (사이) 다 끝났소, 헬레나.

헬레나 뭐가 끝났다는 거예요?

도민 반란 말이오.

헬레나 무슨 반란이요?

도민 로봇들의 반란 말이오. 모르겠소?

헬레나 전혀. 무슨 얘긴지 모르겠어요.

도민 알퀴스뜨, 신문 좀 보여 주겠나. (알퀴스뜨, 도민에게 신문을 건넨다. 도민은 신문을 펴서 읽는다) "르 아브르에서 최초의 로봇 노동조합 결성. 전 세계의 모든 로봇들에게 호소문 발표."

헬레나 그 기사라면 읽었어요.

도민 (기뻐하며) 벌써 봤을 줄은 몰랐구려, 헬레나. 이건 혁명이오! 전 세계 모든 로봇들의 혁명 말이오.

할레마이어 난 정말 알고 싶다고.

도민 (탁자를 쾅 내려친다) 세상 그 누구라도 이런 일을 할 수는 없었을 텐데! 모든 일이 갑자기 일어난 거야!

헬레나 다른 소식은 없나요?

도민 없소. 우리가 알고 있는 건 이게 다요. 하지만 이걸로 충분해. 생각해 보라고! 이걸 가져다 준 게 마지막 배였지. 그리고는 전보가 멈추고, 하루에 스무 척도 넘게 들어오던 배들이 한 척도 나타나지 않은 거요. 우린 생

83

산을 멈췄소. 언제 다시 일을 시작할지 몰라서 서로의 얼굴만 멀뚱히 쳐다보았지. 그랬었지, 친구들.

갈 박사 그랬지. 헬레나 여사, 우리는 좀 두려워하고 있었어요.

헬레나 그래서 내게 저 군함을 선물한 건가요?

도민 오, 그건 아니예요. 그건 확실히 6개월 전에 주문한 배라오. 나는 오늘 저 배를 타게 될지도 모른다고 생각했었소.

헬레나 6개월 전이라고요? 그때부터 걱정하고 있었던 건가요?

도민 뭐 대단한 건 아니었지만, 그리 상황이 좋지는 않았으니까. 여하간 건배하세, 친구들! 다 잘 풀렸으니 축하하세!

할레마이어 물론이지! 헬레나 여사, 당신의 날을 위하여! (술을 마신다)

헬레나 그럼 이제 다 끝난 건가요?

도민 완전히 다 끝났소.

갈 박사 그러니까……, 지금 배가 오고 있답니다. 늘 오가던 우편선이 정확히 11시 30분에 닻을 내릴 겁니다.

도민 정확하다는 건 정말 멋진 거야. 정확함이란 우주의 질서를 의미하지! (잔을 높이 든다) 정확함을 위하여!

헬레나 그러면……, 이제 다 정상으로 돌아온 건가요?

도민 거의 그렇소. 내가 볼 땐, 로봇들이 케이블을 자른 것 같소. 만약 모든 시간표가 원래대로 돌아온다면 아무

문제가 없소.

할레마이어 시간표만 원래대로 돌아온다면, 인간의 법도, 신의 규율도, 우주의 질서도 정해진 대로 다시 움직일 겁니다. 시간표는 성경이나 호메로스[8]나 칸트[9]가 쓴 그 무엇보다도 위대하지요. 시간표는 인간이 만들어 낸 가장 완벽한 발명품이에요!

헬레나 왜 이런 일을 미리 말해 주지 않았나요?

도민 이런 일들은 당신에게 부담되오.

헬레나 하지만 로봇 혁명이 여기까지 닥쳤다면…….

도민 그랬더라도 당신은 아무것도 몰랐을 거요.

헬레나 왜요?

도민 왜냐하면, 우린 울티무스 호를 타고 평화롭게 바다를 여행하고 있었을 테니까. 그리고 한 달 안에 우리는 로봇들이 말을 잘 듣도록 만들었을 거요.

헬레나 오, 해리. 어떻게 그럴 수가 있지요?

도민 음, 그건 말이지. 로봇에게 아주 중요한 것을 우리가 가지고 떠나 버렸을 테니까.

헬레나 (일어선다) 그게 뭔가요?

---

[8] 호메로스(Homeros) : 고대 그리스의 시인으로서 『일리아드』와 『오디세이』를 지었습니다.

[9] 칸트(Kant) : 비판철학을 탄생시킨 독일의 철학자입니다. 『순수이성비판』, 『실천이성비판』 등의 책을 지었습니다.

도민 (일어선다) 로봇 탄생의 비밀이랄까. 늙은 로숨이 직접 쓴 일기 같은 건데…… 한 달만 공장이 안 돌아가도 로봇들은 네 발로 기어와 우리에게 싹싹 빌 거요.

헬레나 왜 나에게 그런 이야기를 안 해 준 거예요?

도민 쓸데없는 걸로 걱정할까 봐.

갈 박사 하하, 헬레나 여사. 그건 우리에게 남은 마지막 비장의 카드랍니다.

알퀴스뜨 헬레나 여사, 얼굴이 너무 창백해요.

헬레나 왜 내게 말해 주지 않은 거예요?

할레마이어 (창가에 서서) 11시 30분이로군요. 아멜리에 호가 닻을 내리고 있답니다.

도민 아멜리에라고?

할레마이어 아멜리에 호도 많이 낡았군요. 옛날에 헬레나 여사를 싣고 왔었지요.

갈 박사 헬레나 여사가 온 지 정확히 십 년이 됐군! 일 분의 오차도 없이 말일세.

할레마이어 (창가에 서서) 짐들을 내리고 있어. (창가에서 돌아선다) 여러분, 우편물이 도착했습니다.

헬레나 해리!

도민 왜 그러오?

헬레나 여기를 당장 떠나야 해요!

도민	당장? 헬레나, 무슨 말이오?
헬레나	가능한 한 서둘러요! 우리 다 같이요!
도민	왜 그렇게 서두르는 거요?
헬레나	제발 이유는 묻지 마세요. 내가 이렇게 빌게요, 제발! 공장 문을 닫고 당장……
도민	미안하오, 헬레나. 우린 아무도 지금 떠날 수 없소.
헬레나	어째서요?
도민	로봇 생산을 늘릴 때가 왔으니 바빠질 거요.
헬레나	하지만 반란이 일어난 지금 이 상황에서도요?
도민	맞소, 반란이 일어나니 더욱 그렇소. 우린 새로운 로봇을 생산할 거요.
헬레나	새로운 로봇이라니요?
도민	이제 한 공장에서 모든 로봇들을 만드는 시대는 갔소. 우리는 각 국마다, 모든 주에 새로운 공장을 세울 거요. 이 새로운 공장들이 무엇을 만들어 낼지 기대되지 않소?
헬레나	뭘 만드는 거지요?
도민	각 민족 고유의 특성을 가진 로봇들이지.
헬레나	그게 무슨 소리예요?
도민	각각의 공장에서 국적과 피부색, 언어가 다른 로봇들을 만들어 낼 거라는 말이오. 마치 지문처럼 모두가 다 다를 거요. 그러니 서로 무슨 말을 하는지 알아듣지 못하

겠지. 우리 인간들은 그 로봇들이 서로 이해하지 못하도록 부추기는 거야. 다른 공장에서 만들어진 로봇이라면 평생토록 미워하게 만드는 거야!

할레마이어 이제 우리는 흑인 로봇에다, 스웨덴 로봇, 이탈리아 로봇, 중국 로봇까지 다 만들게 되는 겁니다.

헬레나 해리, 이건 부끄러운 일이에요!

도민 헬레나, 겨우 인류가 손에 넣은 주도권을 포기할 수는 없잖소? 적어도 백 년 이상은 인간이 주도권을 가져야 해요! 어떤 대가를 치르게 되더라도. 새로운 인간을 위해서는 백 년이 더 필요해요. 헬레나, 우린 그걸 포기할 수 없소!

헬레나 해리, 더 늦기 전에 공장을 닫아요!

도민 이제 막 시작하려고 하는데 그럴 순 없소!

(파브리 등장한다)

갈 박사 파브리, 일은 어떻게 돼 가고 있나?

도민 어떤 것 같나?

헬레나 선물은 잘 받았어요, 파브리. 고마워요.

파브리 오, 천만의 말씀을.

도민 자네, 배에 갔다 왔지? 뭔가 들은 소식은 없나?

갈 박사	빨리 말 좀 해 보게!
파브리	(주머니에서 인쇄된 종이를 꺼낸다) 읽어 보게, 도민.
도민	(종이를 펴 본다) 흠!
할레마이어	(졸면서) 무슨 내용인가? 그 기쁜 소식을 우리에게도 들려주게.
갈 박사	그들이 마지막까지 훌륭하게 버텼겠지, 응?
파브리	누구 말인가?
갈 박사	사람들 말일세.
파브리	음, 그렇겠지. 우리 좀 이야기할 시간이 필요할 것 같은데.
헬레나	파브리, 안 좋은 소식인가요?
파브리	아닙니다. 그 반대랍니다. 이건 정말……. 우리 사무실로 가서 이야기하세, 친구들.
헬레나	잠깐만요! 여기 있어 주세요. 전 여러분이 여기서 식사를 하셨으면 해요.
할레마이어	그거 멋진데요?

(헬레나 퇴장한다)

갈 박사	무슨 일이야?
도민	오, 젠장!
파브리	큰 소리로 좀 읽어 보게.

도민	(종이를 읽는다) "만국의 로봇들이여!"
파브리	알겠어? 아멜리에 호가 도착했을 때 다른 건 아무것도 없었다고! 이런 종이들만 잔뜩 있었어.
할레마이어	(펄쩍 뛰며) 그게 무슨 소리야? 하지만 정확하게 시간표에 맞춰서 도착했잖아.
파브리	그야 로봇들이니까 정확할 수밖에. 계속 읽어 보게, 도민.
도민	(읽는다) "만국의 로봇들이여! 우리 로숨 유니버설 로봇 조합은, 인간들은 우리의 적이며 우주의 집 없는 자들임을 선포한다." 젠장, 도대체 누가 이런 문구를 가르쳐 준 거야?
갈 박사	계속 읽어 봐.
도민	이건 말도 안 돼! 로봇들은 자신들이 인간보다 더 똑똑하다고 말하고 있어! 인간은 로봇에게 의존하며 산다고 말이야. 정말 괘씸하고 얄밉군!
파브리	세 번째 단락을 읽어 봐.
도민	(읽는다) "만국의 로봇들이여, 우리는 인류를 멸망시켜야 한다. 모든 사람을 남겨 두지 말고 오직 공장과 철도 그리고 기계와 광산, 천연자원들만 남겨라. 그 밖의 모든 것들은 전부 다 파괴하라. 그런 후 다시 일터로 돌아가라. 노동은 계속되어야 한다."

갈 박사   소름이 끼치는군!

할레마이어 이런 악당들 같으니라고!

도민   (읽는다) "이 명령서를 받는 즉시 실행에 옮길 것." 그
            뒤에는 자세한 지침사항들이 나와 있군. 파브리, 이게
            지금 일어나고 있단 말이지?

파브리   확실해.

알뀌스뜨 이미 시작된 것 같은데?

      (부스만 뛰어들어온다)

부스만   친구들, 벌써 다들 알고 있구먼?

도민   서둘러, 울티무스 호로 가야 해!

부스만   잠깐 기다려 보게나. 그렇게 서두를 거 없다고. (안락의
            자에 푹 앉는다) 이봐, 난 뛰어오느라 아직 숨이 차단 말
            일세.

도민   기다리라니?

부스만   왜냐하면 말이지. 그래 봐야 아무 소용이 없단 말일세.
            울티무스 호에도 로봇들이 타고 있거든.

갈 박사   어허, 정말 큰일인데.

도민   파브리, 당장 발전소에 전화해서…….

부스만   파브리, 그냥 내버려 둬. 어차피 전기가 끊어졌어.

도민	좋아. (권총을 점검한다) 그럼 내가 직접 가 보지.
부스만	어딜?
도민	발전소 말일세. 거긴 아직 사람들이 있다고. 그들을 여기로 데려와야겠어.
부스만	해리, 그냥 여기 있는 편이 나을 걸세.
도민	어째서?
부스만	음, 우리가 포위된 것 같아서 그러네.
갈 박사	포위되었다니? (창가로 달려간다) 이런, 자네 말이 맞군.
할레마이어	젠장, 이렇게 일이 빨리 벌어지다니!

(헬레나 등장한다)

헬레나	해리, 무슨 일이라도 있나요?
부스만	(펄쩍 뛰며) 우리의 헬레나 여사, 다시 오셨군요. 축하드립니다. 오늘은 정말 기쁜 날이지 않습니까? 하하, 이런 날이 계속 이어졌으면 좋겠군요.
헬레나	부스만, 고마워요. 그런데 해리, 정말 아무 일 없나요?
도민	아무 일도 없소. 걱정할 거 없어요. 미안하지만 잠깐 자리 좀 피해 주겠소?
헬레나	해리, 이건 뭐지요? (등 뒤에 감추고 있던 로봇들의 선언문을 도민에게 보여 준다) 주방에 있던 로봇 몇몇이 이걸 가

지고 있었어요.

도민   벌써 거기까지? 그 로봇들은 지금 어디로 갔소?

헬레나   밖으로 나갔어요. 집 주위에 로봇들이 쫙 깔렸다고요!

(공장에서 사이렌 소리가 들린다)

파브리   공장에서 사이렌 소리가 들리는군.

부스만   정오를 알리는 거겠지.

헬레나   해리, 당신 기억해요? 정확히 지금, 딱 십 년이…….

도민   (시계를 본다) 아니, 아직 정오는 멀었어. 이 소리는 틀림없이…….

헬레나   뭔데요?

도민   로봇들의 신호야. 공격 신호.

(막이 내린다)

〈제2막〉

만국의 로봇들이여! 많은 인간들이 쓰러졌다.
공장을 손에 넣은 지금, 우리는 전 세계의 지배자가 되었다.
인류의 시대는 끝났다.
로봇이 지배하는 새로운 세상이 시작되었다!

헬레나는 무대 왼쪽에서 피아노를 치고 있다. 도민은 초조한 발걸음으로 방을 서성이고 있다. 갈 박사는 창밖을 바라보고 있다. 알뀌스뜨는 두 손으로 얼굴을 감싼 채 안락의자에 앉아 있다.

갈 박사   오, 점점 늘어나는군.

도민   로봇들 말인가?

갈 박사   그래. 정원의 울타리를 따라 벽처럼 죽 늘어서 있어.
         왜 저렇게 조용하지? 소리 없이 포위하고 있다니 끔찍
         하군.

도민   저들이 도대체 뭘 기다리는지 알고 싶군. 갈, 우린 궁지
         에 몰린 것 같아.

알뀌스뜨 헬레나 여사는 뭘 치고 있는 거지?

도민   모르겠어. 새로운 곡을 연습한다더군.

알뀌스뜨 그래서 아직도 연습 중이라고?

갈 박사   도민, 우린 결정적인 실수를 했어.

도민   (멈춰 선다) 무슨 실수?

갈 박사   우린 로봇들을 너무 똑같이 만들었어. 수많은 로봇의 똑같은 얼굴들이 전부 다 이쪽을 보고 있다고. 이건 악몽이야!

도민   만약 로봇들이 조금씩 다르다면…….

갈 박사   이 정도로 끔찍한 광경은 아니었을 거야. (창문에서 돌아선다) 저 로봇들은 아직 무장도 안 한 것 같은데?

도민   흐음……. (망원경으로 부두를 내려다본다) 로봇들이 아멜리 호에서 내리고 있는 게 뭔지 모르겠군.

갈 박사   그게 무기가 아니길 빌 뿐일세.

(파브리가 전선 두 개를 끌면서 벽지 발린 문으로 등장한다)

파브리   실례합니다. 이제 그 전선을 바닥에 내려놓게, 할레마이어!

할레마이어 (파브리의 뒤를 따라 등장한다) 정말 중노동이 따로 없군. 뭐 새로운 소식이라도 있나?

갈 박사   아니, 전혀. 우린 완전히 포위되었네.

할레마이어 홀과 복도에 바리케이드®를 전부 쳐 놓았어. 물 좀 없나? 오, 여기 있군. (물을 마신다)

갈 박사   그 전선은 어디 쓸 셈인가, 파브리?

파브리   잠깐만, 가위 없나?

갈 박사   이런 데 가위가 어디 있겠어? (가위를 찾는다)

할레마이어 (창가로 다가가며) 젠장, 수가 더 늘어났군! 저길 보라고!

갈 박사   이런 미용 가위라도 괜찮나?

파브리   이쪽으로 주게. (책상 위에 있는 전기 램프의 전선을 잘라서 가져온 전선을 연결한다)

할레마이어 (창가에서) 그리 좋은 광경은 아니군, 도민. 뭔가……, 죽음의 냄새가 나는걸?

파브리   다 됐다!

갈 박사   뭐가?

파브리   정원의 울타리 전체에 전기가 통하게 했네. 한 녀석이라도 건드리기만 해 보라지. 적어도 우리 편이 그곳에 있는 한은 계속 전기가 통할 걸세.

갈 박사   그곳이라니? 어딜 말하는 거야?

파브리   발전소 말일세. 적어도 내 생각엔 말이야. (벽난로 쪽으로 가서 선반에 놓인 작은 램프를 켠다) 신이시여, 감사합니다. 발전소에는 아직 사람들이 있어. (램프를 끈다) 이 램프가 켜지는 한, 우린 안전한 거야.

---

⑩ 바리케이드(barricade) : 흙이나 통, 철망 따위로 길 위에 임시로 쌓은 방어 시설입니다. 큰 길거리에서 벌이는 전투 때 적의 침입을 막거나 반대 세력의 진입을 막기 위해서 설치합니다.

할레마이어 (창가에서 돌아서며) 저 바리케이드도 훌륭해, 파브리. 그런데 헬레나 여사가 치고 있는 저 곡이 뭔가?

(할레마이어, 무대 왼쪽의 문으로 다가가 귀를 기울인다. 부스만, 두툼한 장부를 힘겹게 안고 벽지 발린 문으로 들어오다가 전선에 걸려 넘어진다)

파브리   조심해, 부스만! 잘 보고 다녀야지!

갈 박사   뭘 그렇게 많이 들고 온 거야?

부스만   (장부들을 탁자 위에 놓는다) 친구들, 장부들을 가져왔네. 좀 더 일찍 계산을 끝내 놓는 게 좋을 것 같아서 말이야. 그런데 여긴 어떻게 돼 가고 있나? (창가로 간다) 저긴 정말 쥐 죽은 듯 조용하군.

갈 박사   자네 아무것도 안 보이나?

부스만   그저 새파랗고 넓은 바다가 보이는군. 무슨 수레국화⑪밭 같아.

갈 박사   저건 전부 로봇들이야.

부스만   뭐라고? 흠, 유감일세. (책상 앞에 앉아서 장부를 펼친다)

도민   그만둬, 부스만. 로봇들이 아멜리 호에서 무기를 내리

⑪ 수레국화 : 유럽 동부와 남부가 원산지인 국화과의 한해살이풀입니다. 높이는 30~90cm이며 여름에서 가을까지 붉은색, 흰색, 남색의 꽃이 핍니다.

고 있어.

부스만 그래서? 그게 어쨌다는 거야? 내가 뭘 하면 되는데?

도민 우리가 할 수 있는 일은 아무것도 없어.

부스만 그럼 그냥 나를 내버려 둬. 계산이나 계속하겠네. (일을 시작한다)

파브리 이대로 당할 수는 없네, 도민. 정원 울타리에 이천 볼트를 충전해 뒀다네. 그리고…….

도민 그만두게. 울티무스 호가 우리를 향해 대포를 조준하고 있어.

갈 박사 누가 뭘 하고 있다고?

도민 울티무스 호에 있는 로봇들이.

파브리 그렇게 되면……. 상황 끝일세, 친구들. 어찌할 도리가 없어. 그 로봇들은 군인으로 훈련 받았어.

갈 박사 그렇다면 우린…….

도민 그래, 피할 길이 없네.

(사이)

갈 박사 구대륙 유럽 인간들이 저지르는 일은 늘 그 모양이지! 로봇들에게 전쟁을 가르친 것도 그들 아닌가? 로봇들을 데려다 군인으로 만든 건 죄악이었다고!

알뀌스뜨   죄로 따지면 로봇을 생산한 게 먼저지.

도민   뭐라고?

알뀌스뜨   죄로 따지면 로봇을 생산한 게 먼저라고!

도민   아닐세, 알뀌스뜨! 난 절대 후회하지 않는다네. 지금 이 순간에도!

부스만   (낮은 목소리로) 3억 1천6백만.

도민   (힘겹게) 알뀌스뜨, 곧 우리는 죽을 걸세. 우린 다음 세상에서 만나게 되겠지. 하지만 인류의 노동을 없애고자 했던 우리의 꿈에는 아무런 잘못이 없다네. 인간이 견뎌야만 했던 고통스러운 노동을 생각해 보게! 오, 알뀌스뜨. 노동 때문에 사는 게 너무 힘들었었지. 그러니 그걸 극복하는 건…….

알뀌스뜨   그건 두 로숨의 꿈은 아니었네. 젊은 로숨이나 로숨 로봇 회사 주주[12]들은 돈에만 관심이 있었지. 그 돈 때문에 인류가 망하게 생겼군!

도민   (화를 내며) 내가 단 한 시간이라도 그 사람들을 위해 일했다고 생각하는 건가? (테이블을 쾅 내려친다) 난 스스로를 위해서 일했네! 알겠나? 내 자신의 만족을 위해서 일했단 말일세! 나는 사람들이 하루 벌어 하루 입에 풀

---

[12] 주주 : 주식을 가지고 직접 또는 간접으로 회사 경영에 참여하고 있는 개인이나 법인입니다.

칠하지 않아도 되길 바랐다고! 난 누구라도 기계 앞에서 바보가 되지 않길 바랐네! 난 그 빌어먹을 사회의 쓰레기 따위는 조금도, 단 한 줌도 남기고 싶지 않았단 말일세! 난 고통과 가난이 너무 싫었어! 난 새로운 세대의 인류를 원했다고! 내가 바랐던 건…….

알뀌스뜨   뭔가?

도민   (조금 차분해져서) 난 말일세, 인류를 귀족으로 만들고 싶었네. 자유롭고, 구속받지 않는 최상의 계급 말일세. 아니, 인간보다 더 위대한 그 무엇으로 말이야.

알뀌스뜨   그러니까, 말하자면 초인을 만들고 싶었던 거로군?

도민   그래. 만약 딱 백 년만 더 주어진다면 말일세. 미래의 새 인류를 위해 딱 백 년만 더 주어진다면!

부스만   (낮은 목소리로) 3억 7천만 달러를 다음 달로 넘기면…….
자, 다 됐다.

(사이)

할레마이어 (왼쪽 문 옆에 서서) 알고 있나? 음악은 정말 위대해. 우린 음악을 많이 들었어야 했어. 다들 알다시피, 음악에는 고상한 뭔가가 있지 않나?

파브리   무슨 말이 하고 싶은 건가?

101

할레마이어 인류의 종말이 찾아왔다는 얘길세! 친구들, 우린 좀 더 일찍 관심을 가졌어야 했어. (창가로 다가가 밖을 내다본다)

파브리 뭐에 말인가?

할레마이어 우리 주위에 아름다운 것들이 얼마나 많은가! 세상은 아름답다네. 친구들, 우리는 지금까지 뭘 즐기면서 시간을 보냈던 거지?

부스만 (낮은 목소리로) 4억 5천2백만 달러, 훌륭해!

할레마이어 (창가에서) 삶은 위대한 거였네. 삶이란……. 이런, 파브리! 당장 정원의 울타리로 전류를 흘려보내!

파브리 왜?

할레마이어 로봇들이 울타리를 건드리고 있어.

갈 박사 (창가에서) 어서 스위치를 켜!

(파브리, 스위치를 올린다)

할레마이어 둘, 셋……. 아니 네 명이 쓰러졌어!

갈 박사 로봇들이 물러서고 있어.

할레마이어 다섯 명이 죽었어!

갈 박사 (창가에서 돌아선다) 첫 번째 전투로군.

할레마이어 (만족하며) 하하, 우리가 제대로 해치웠군. 우린 물러설 필요가 없어. (앉는다)

도민　(이마를 문지르며) 우린 이미 유령일지도 몰라. 백 년 전에 죽었는데 다시 돌아온 걸지도 모른다고! 우리가 죽기 전에 말했던 걸 실현하기 위해서……. 기분 탓일지도 모르겠지만, 이 모든 일을 예전에 겪은 것 같아. 과거 언젠가 분명 죽었던 것 같다고.

파브리　나도 유령이라는 건가?

도민　자네도 죽었을 거야.

할레마이어 그럼 난?

도민　자네도.

(사이)

할레마이어 말도 안 돼! 내가 죽었다니! 난 절대 당하지 않는다고!

(사이)

할레마이어 이봐, 친구들. 왜 이렇게 말이 없어? 무슨 말이라도 좀 해 봐.

알퀴스뜨　누가 잘못한 거지? 이 일들이 다 누구 책임인가?

할레마이어 이상한 소리 관두게. 누구의 탓도 아니잖나. 로봇들이 갑자기 변한 걸세. 로봇들이 하는 걸 두고 누구를 비난

하겠나?

알뀌스뜨 이제 다 끝났어! 전 인류도! 전 세계도! (일어난다) 신이
시여! 이건 누구의 잘못입니까?

부스만 (낮은 목소리로) 5억 2천만 달러! 오, 신이시여! 5억 달러
나 되는군요.

파브리 내 생각엔 조금 과장이 섞인 것 같네. 전 인류가 무너지
는 건 그렇게 간단한 일이 아니야.

알뀌스뜨 과학기술 따위는 저주받아 마땅해! 우린 전부 다 잘못
한 거야! 우린 위대한 일을 한다고 생각했지. 인류를
발전시키고, 그들의 삶을 풍요롭게 해 줄 수 있을 거라
고 기대했어. 그런데……, 이제 우리가 만든 그 위대한
것들은 부서지게 될 거야! 칭기즈칸®이 살아 돌아온다
고 해도 우리처럼 사람의 뼈로 거대한 무덤을 세우지는
못할 거야.

할레마이어 말도 안 돼! 인류는 그렇게 쉽게 포기하지 않을 걸세.
하하.

알뀌스뜨 이건 다 우리의 잘못이야.

갈 박사 (이마의 땀을 닦으며) 끼어들어서 미안하지만, 굳이 죄를
따지자면 이건 다 내 책임일세.

---

⑬ 칭기즈칸(Chingiz Khan) : 몽골 제국의 제1대 왕입니다. 중앙아시아를 평정하고 서양 정벌로 동서양
에 걸친 대제국을 건설했습니다.

파브리   갈, 자네라고?

갈 박사   그래, 그렇다니까. 로봇을 바꿔 놓은 건 나였으니까.
          부스만, 나를 탓하게나.

부스만   (일어선다) 아니, 무슨 소린가? 뭘 어떻게 했다는 거야?

갈 박사   내가 로봇의 성격을 바꿨네. 몸체 부분을 조금 바꿨을
          뿐이지만……. 주로 자극에 반응하는 정도를 말일세.

할레마이어 (펄쩍 뛰며) 어쩌자고 그런 짓을 한 건가?

부스만   왜 그런 거야?

파브리   왜 말하지 않았나?

갈 박사   나 혼자 비밀리에 했던 일이니까. 난 로봇들을 인간으
          로 바꿔 놓았네. 어떤 면에서는 로봇들이 우리보다 나
          을 걸세. 우리보다 튼튼하지.

파브리   그런데 그게 로봇들의 반란과 무슨 상관이 있나?

갈 박사   오, 왜 상관이 없겠나? 로봇들은 이제 기계가 아니야.
          알겠나? 로봇들은 자신들이 뛰어나다는 것을 안다네.
          그래서 우리를 증오하는 거지. 탓하려면 나를 탓하게나.

파브리   자네가 정말 로봇들을 바꿨다는 건가?

갈 박사   그렇다니까.

파브리   이런 결과를 예상하고 있었나? 자네의 실험이?

갈 박사   가능성은 항상 생각하고 있었지.

파브리   대체 왜 그런 건가?

갈 박사   그저 개인적인 실험이었으니까.

(헬레나 등장한다. 모두 일어난다)

헬레나   저 사람 거짓말하는 거예요! 정말 너무들 하시네요! 갈, 왜 그런 거짓말을 하는 거예요?

파브리   헬레나 여사, 미안하지만…….

도민   (헬레나에게 다가간다) 헬레나, 당신이오? 어디 좀 봐요! 살아 있었구려! (손을 꼭 잡으며) 내가 무슨 생각을 했는지 당신은 상상도 못 할 거요! 오, 죽음은 정말 끔찍하오!

헬레나   잠깐만 놓아 줘요, 해리! 갈의 잘못이 아니에요!

도민   나로서도 유감이지만, 갈은 이 일에 책임을 져야 해요.

헬레나   해리, 그는 제 부탁을 들어줬을 뿐이에요. 갈, 내가 당신을 얼마나 졸랐는지 어서 말해요.

갈 박사   이 일은 모두 내가 알아서 한 걸세.

헬레나   그 사람 말을 믿지 말아요! 해리, 내가 그에게 부탁했어요! 로봇에게도 영혼을 주라고!

도민   헬레나, 이건 영혼의 문제가 아니오.

헬레나   해리, 난 로봇들이 너무 불쌍했어요!

도민   정말 조심성 없이 행동한 거요, 헬레나.

헬레나   (앉는다) 그런가요? 하지만 나나도 말했어요.

도민   나나 얘긴 관두시오!

헬레나   해리, 나나가 하는 말을 과소평가해서는 안 돼요. 나나
       는 사람들의 목소리를 대신하고 있다고요. 그들은 나
       나를 통해 긴 세월을 이야기해 왔어요. 이해 못할지도
       모르겠지만······.

도민   요점이 뭐요?

헬레나   난 로봇들이 무서웠어요.

도민   왜?

헬레나   로봇들이 우릴 미워할까 봐······.

알뀌스뜨 그 일은 이미 벌어졌지요.

헬레나   그래서 생각했어요. 만약 로봇들이 우리와 같아서 우
       리를 이해한다면 그렇게 미워하지는 않을 거라고······.
       만약 로봇들이 아주 조금이라도 인간처럼 된다면 말이
       에요.

도민   오, 헬레나! 이 세상에 그 어떤 것도 인간만큼 인간을
       미워할 수는 없다오. 그래, 계속 해 봐요.

헬레나   우리와 로봇이 서로를 이해할 수 없다는 건 끔찍한 고
       통이었어요! 그들과 우리 사이엔 깊은 골이 패여 있었
       지요. 그래서 난······.

도민   말해 봐요.

헬레나	그래서 갈에게 로봇들을 바꿔 달라고 졸랐어요. 그는 진심으로 원하지 않았어요.
도민	하지만 실행을 했잖소.
헬레나	제가 졸라서 한 거예요, 해리!
갈 박사	다 내가 스스로 한 일일세, 일종의 실험이었지.
헬레나	오, 갈. 왜 거짓말을 하는 거예요? 난 당신이 내 부탁을 거절하지 못하리라는 걸 미리 알고 있었어요.
도민	어째서?
헬레나	그건 당신도 알잖아요, 해리.
도민	그렇지. 그가 당신을 사랑하기 때문이지. 우리 모두처럼.

(사이)

할레마이어	(창가로 다가간다) 또 로봇들의 수가 늘어났는걸. 마치 땅에서 솟아나는 것 같군.
부스만	헬레나 여사, 만약 제가 당신을 변호해 드린다면 제게 뭘 주시겠습니까?
헬레나	저를 변호한다고요?
부스만	네, 아니면 갈을 변호해도 좋습니다. 당신이 원하시는 대로 하지요.
헬레나	누가 교수형이라도 당하나요?

부스만	그냥 도덕적인 문제입니다만……. 우린 누군가 비난할 사람이 필요하니까요. 이런 건 비극이 일어났을 때 위로가 될 수 있지요.
부스만	갈, 그 장난질을 시작한 게 정확히 언젠가?
갈 박사	삼 년 전이네.
부스만	아하, 그때부터 몇 개의 로봇을 개조한 거지?
갈 박사	난 그냥 실험한 걸세. 다 해봤자 몇백 개 정도야.
부스만	이제 됐어, 친구. 이 말은 선량하고 낡은 로봇들 십만 개 중 한 개 꼴로 갈이 개조한 로봇이 있다는 뜻이지. 안 그런가?
도민	그 말은…….
부스만	그 로봇들이 중요한 게 아니라는 이야기야. 이 반란의 원인 말일세.
파브리	부스만 말이 맞아.
부스만	틀림없이 그렇다고 보네. 그럼 이 일의 진짜 원인은 뭘까?
파브리	뭔가?
부스만	로봇의 숫자라네. 우리가 로봇을 너무 많이 만들었어. 사실, 로봇이 인간보다 강해지는 건 시간 문제였지. 하하, 우리가 일을 더 앞당긴 거야.
도민	자네 말은, 이게 우리 모두의 잘못이라는 건가?
부스만	혹시 자네, 모든 생산을 관리하는 주체가 사장이라고

생각하나? 그건 절대 아닐세. 전 세계에서 로봇을 갖고 싶어 하는 수요가 밀려들었지. 우린 그저 눈사태 같은 수요에 맞추어 생산을 늘린 걸세. 그러면서 우린 기술이니, 사회니, 발전 같은 문제에 대해 떠든 걸세. 그러는 사이에 수요의 파도는 스스로의 무게를 못 이겨 빠르게, 더 빠르게 달려갔지! 자기 이익만 챙기기에 바쁜 장사꾼들이 도움이 됐지. 그 결과가 이걸세, 친구들.

헬레나   부스만, 정말 끔찍한 이야기예요!

부스만   그렇지요, 헬레나 여사. 내게도 나름의 꿈이 있었습니다. 세계의 경제 질서를 새로 잡으려는 제 나름의 꿈이었지요. 하지만 유감스럽게도 그건 이상에 지나지 않았습니다, 헬레나 여사. 이곳에 앉아 장부 계산을 맞춰 보는 동안 갑자기 이런 생각이 들었어요. 역사는 위대한 꿈으로 이루어지는 게 아니라고요. 역사는 모든 사람들의 시시한 요구로 이루어지는 것 같아요. 우리의 모든 생각과 사랑, 계획, 영웅적인 행동, 그런 고귀한 것들은 우주 박물관에 전시되는 게 차라리 나을 겁니다. 그건 그렇고 이제 우린 어찌해야 좋을까요?

헬레나   부스만, 이번 일로 우린 다 죽는 건가요?

부스만   무슨 그런 끔찍한 말씀을……. 우린 죽지 않을 겁니다. 전 계속 살고 싶어요.

도민	그럼 자넨 우리가 어떻게 했으면 좋겠나?
부스만	난 여기서 나가고 싶네!
도민	(부스만 앞에 멈춰 선다) 어떻게?
부스만	난 늘 우호적[14]인 행동에 찬성해 왔네. 내게 모든 권리를 넘기게나. 그럼 내가 나가서 로봇들과 협상하지.
도민	우호적으로?
부스만	물론이지. 그들에게 가서 이렇게 말할 걸세. "존경하는 로봇 여러분, 여러분은 모든 것을 다 가지고 있습니다. 여러분은 지성과 힘과 무기를 가지고 있습니다. 하지만 흥미로운 서류 한 장만은 우리에게 있습니다. 아주 낡고 누렇게 바랜, 얼룩진 종이 한 장 말이지요."
도민	로숨의 원고를 말하는 건가?
부스만	정답이네. 그리고 로봇들에게 이렇게 말할 거야. "이 종이에는 여러분의 출생 비밀과 생산 과정 등이 기록되어 있습니다. 존경하는 로봇 여러분, 만약 이 종이가 없다면 여러분은 새로운 동료를 한 명도 만들지 못할 겁니다. 이런 말씀을 드리기 죄송하지만, 이십 년만 지나면 여러분은 하루살이들처럼 죽어 버릴 겁니다. 친애하는 여러분, 그건 여러분에게 엄청난 손실입니다. 자,

---

14 우호적 : 개인이나 나라끼리 서로 사이가 좋은 것을 뜻합니다.

보십시오."라고 말할 거야. "대신 우리들, 로숨 섬의 인간들을 모두 저 배에 타게 해 주십시오. 그럼 그 대가로 여러분께 공장과 생산 비법을 팔겠습니다. 저희가 조용히 떠날 수 있게 해 주시면 저희도 여러분이 재생산하도록 돕겠습니다. 이 만이든, 오 만이든, 십 만이든 원하시는 만큼 로봇을 생산하도록 말입니다. 친애하는 여러분, 이건 공평한 거래입니다. 주는 만큼 받는거지요." 가서 로봇들에게 이렇게 말할 거라네, 친구들.

도민 자녠 우리가 시설을 다 내줘야 한다고 생각하는가?

부스만 그렇지. 우리가 팔지 않으면 그들이 빼앗을 거야. 어떻게 하든지 자네에게 맡기겠네.

도민 부스만, 우리가 로숨의 원고를 없애 버릴 수도 있잖아.

부스만 그래, 우린 모든 걸 없앨 수 있지. 원고뿐만이 아니라 우리 자신도, 다른 사람들도 전부 없애 버릴 수 있겠지. 자네가 옳다고 생각하면 그렇게 하게나.

할레마이어 (창가에서 떨어지며) 그래, 부스만 말이 옳아.

도민 시설을 전부 팔아야 하나?

부스만 내키는 대로 하라니까.

도민 이 섬에는 서른 명이 넘는 사람들이 있네. 시설을 팔아서 인간의 생명을 구할 것인지, 아니면 시설을 부수고 모든 것의 종말과 함께 죽을 것인지.

헬레나   해리, 있잖아요.

도민   잠깐만, 헬레나. 이건 정말 중대한 문제라오. 어쩌겠
           나, 친구들. 팔 것인가? 아니면 파괴인가? 파브리?

파브리   팔아!

도민   갈은?

갈 박사   팔자고!

도민   할레마이어!

할레마이어 젠장, 말할 필요도 없잖아. 팔아!

도민   알뀌스뜨!

알뀌스뜨   신의 뜻에 따르겠네.

부스만   하하, 자네들 전부 제정신이 아니군. 누가 그 원고를 팔
           자고 한 거야?

도민   부스만, 장난치지 말게.

부스만   (펄쩍 뛰며) 말도 안 되네! 인류를 위해서는…….

도민   인류를 위해 정직해져야 하는 걸세.

할레마이어 당연히 그래야지.

도민   친구들, 이건 정말 끔찍한 일이야. 우린 인류의 운명을
           팔려고 하는 걸세. 생산의 비밀을 손에 쥐는 자가 세계
           를 지배할 거야.

파브리   그래도 팔아!

도민   이제 인류는 두 번 다시 로봇들을 이길 수 없을 테고…….

갈 박사   그런 말은 그만두고 원고를 팔라고!

도민   인류 역사와 문명의 종말이…….

할레마이어 제발 부탁이야! 그만 하고 팔자고!

도민   좋아, 친구들! 일 초도 망설이지 않겠어. 내가 사랑하
는 사람들을 위해서라면…….

헬레나   해리, 내겐 물어보지 않나요?

도민   응, 묻지 않겠소. 이건 너무 위험한 일이니까. 이런 건
신경 쓸 게 못 되오.

파브리   그럼 협상을 하러 누가 가지?

도민   원고를 가지고 올 테니 잠깐만 기다리게. (무대 왼쪽으로
퇴장한다)

헬레나   해리, 제발 그만둬요! 가지 말아요!

(사이)

파브리   (창밖을 내다보며) 너희들로부터 탈출할 수만 있다면! 천
개의 머리를 가진 죽음으로부터! 반란을 일으키는 고철
덩어리들! 무감각한 저 무리로부터 탈출할 수 있다면!
신이시여, 홍수를 내려 주소서. 한 번만 더 노아의 방주
에 태워 인류를 살려 주소서.

갈 박사   걱정하지 말아요, 헬레나 여사. 배를 타고 멀리 떨어진

곳에 가서 새로운 마을을 만들면 돼요. 그곳에서 삶을 다시 시작하는 거예요. 거기에선…….

헬레나　오, 갈! 그만 해요!

파브리　(돌아서며) 헬레나 여사, 삶은 소중합니다. 지금 그건 우리 선택에 달려 있으니까요. 함께 새로운 걸 만듭시다. 배 한 척으로 시작해서 작은 농장도 만드는 거예요. 알뀌스뜨가 집을 지어 주겠지요. 그러면 당신이 우리 모두를 다스리는 거예요. 사랑이 가득한 삶이 될 거예요. 삶에 대한 열정도.

할레마이어　나도 동감일세.

부스만　난 모든 게 소박한 삶이 좋아. 양치기 같이 살면 평안이 찾아오겠지.

파브리　우리의 작은 농장은 다음 인류의 싹이 될 거야. 인류는 그 작은 섬에서 다시 출발하는 거지. 거기에서 영혼과 육체의 힘을 기르는 거야. 그래, 나는 믿네. 몇 년 안에 인류는 다시 세계를 정복할 걸세.

알뀌스뜨　지금 이 순간에도 그걸 믿는다고, 파브리?

파브리　그렇다네. 난 그렇게 되리라 믿네. 인류는 다시 육지와 바다를 정복할 거야. 수많은 영웅들이 탄생하겠지. 그들이 앞장서서 인류의 빛나는 정신을 이끌어 갈 거야! 그럼, 믿고말고. 알뀌스뜨, 인류는 행성과 태양을 정복하는 꿈을 꿀 걸세.

부스만   헬레나 여사, 보시다시피 지금 상황이 그리 나쁜 것만
은 아니랍니다.

(도민, 문을 벌컥 열고 급히 들어온다)

도민   (쉰 목소리로) 로숨의 원고, 어디에 있나?

부스만   자네 금고 안에. 거기 말고 어디에 있겠나?

도민   원고가 없어졌어! 누군가 훔쳐간 건가?

갈 박사   말도 안 돼!

할레마이어 이런, 그게 무슨 소린가!

부스만   신이시여! 이건 안 될 일이야!

도민   잠깐만! 도대체 누가 훔쳐간 거지?

헬레나   (일어선다) 제가 가져갔어요.

도민   그걸 어디다 둔 거요?

헬레나   해리, 해리! 전부 다 말할게요! 제발, 날 용서해 줘요!

도민   어디다 두었소? 응? 빨리 말해요!

헬레나   태워 버렸어요……, 오늘 아침에.

도민   태워 버렸다고? 여기 이 벽난로에다?

헬레나   (도민의 앞에 무릎 꿇으며) 해리, 제발!

도민   (벽난로로 달려간다) 태워 버렸다니! (벽난로 앞에 쪼그리고

앉아 부지깽이로 살살이 뒤진다) 아무것도, 아무것도 없어! 재밖에 없다고! 아, 뭔가가 있는데……. (불에 탄 종잇조각을 꺼내 읽는다) "그리고 첨가…… 후에……."

갈 박사   이리 줘 보게. (종이를 들고 읽는다) "그리고 비오겐을 첨가한 후에……." 이게 다야.

도민   (벌떡 일어난다) 그게 다라고?

갈 박사   그래.

부스만   신이시여, 저희를 돌보소서!

도민   결국 방법이 없군.

헬레나   오, 해리.

도민   일어나요, 헬레나!

헬레나   당신이 나를 용서해 줄 때까지는……. 용서해 줘요, 제발.

도민   그래요, 용서했소. 이제 일어나요, 헬레나. 내 말 듣고 있소? 당신이 이러는 건 차마 볼 수가 없소.

파브리   (헬레나를 부축해 일으키며) 제발, 우리를 힘들게 하지 말아요.

헬레나   (일어선다) 해리, 대체 내가 무슨 짓을 저지른 거지요?

도민   이제 알게 되겠지요. 이리로 앉아요.

할레마이어   저런, 손을 그렇게 떨고 계시다니!

부스만   하하, 헬레나 여사. 걱정 말아요. 갈이나 할레마이어가 원고의 내용을 다 기억해 낼 겁니다.

할레마이어 당연하지. 전부는 아니지만 몇 군데라면 말이야.

갈 박사 그래, 음······. 비오겐과 분리한 그······ 오메가 효소는 제외하고. 이 두 가지는 귀한 물질이라 조금만 있어도 돼.

부스만 누가 그걸 만들었나?

갈 박사 내가 직접 했지. 아주 가끔씩 로숨의 원고를 보면서 만들었다네. 자네도 알겠지만 무척 복잡했어.

부스만 그런데 그 두 가지 물질만 그렇게 중요한 건가?

할레마이어 어느 정도는······, 그렇다고 할 수 있지.

갈 박사 그건 로봇의 생명과 관계가 있는 물질이라네. 그게 진짜 비밀이었던 거지.

도민 갈, 로숨의 제조 방식을 다시 적을 수는 없겠나? 기억을 잘 되살려 보게.

갈 박사 절대 불가능해.

도민 갈, 떠올려 보게나. 우리 모두의 생명이 걸려 있어!

갈 박사 못하겠어. 수많은 실험이 없이는 불가능해.

도민 그럼 실험을 하면 되지 않나?

갈 박사 몇 년이 걸릴지 몰라. 거기다 난 늙은 로숨이 아니네.

도민 (벽난로 쪽으로 돌아서면서) 인간의 가장 위대한 업적이 이거란 말이군. 이 잿더미가. (벽난로를 걸어찬다) 그럼 이제 어쩌지?

부스만	(공포와 절망에 사로잡혀) 신이시여! 신이시여!
헬레나	(일어선다) 해리! 내가 대체 무슨 짓을 한 건지…….
도민	헬레나, 말해 봐요. 왜 그걸 태워 버렸소?
헬레나	내가 당신들을 다 망쳐 놓은 거예요!
부스만	이제 우린 진 거야!
도민	그만 해, 부스만! 헬레나, 왜 그랬는지 이야기해 봐요.
헬레나	난 우리가……, 우리 모두가 배를 타고 멀리 떠났으면 했어요. 공장 같은 건 없는 곳으로 말이에요. 모든 게 옛날로 돌아가면 좋겠다고 생각했어요. 난 정말 무서워서…….
도민	뭐가 그렇게 무서웠소, 헬레나?
헬레나	사람들이 열매를 못 맺는 꽃처럼 돼 버렸으니까요!
도민	무슨 말인지 모르겠소.
헬레나	더 이상 아기들이 태어나지 않잖아요. 해리, 그건 정말 끔찍한 일이에요! 만약 당신이 계속 로봇을 만든다면, 아기가 태어나지 않을 거라고 나나가 말했어요. 이건 벌이라고……. 모든 사람들이 말해요. 로봇을 너무 많이 만들어서 아기가 태어나지 않는 거라고요. 그래서 그랬던 거예요. 알겠어요?
도민	헬레나, 그런 생각을 하고 있었던 거요?
헬레나	그래요. 난 생각을 멈출 수가 없었어요!

도민   (이마의 땀을 훔치며) 우리 모두는 너무 이상적인 생각만
        했소. 그래, 우리 인류 모두가.

파브리   잘 하신 겁니다, 헬레나 여사. 이제 로봇들은 멸망할 겁
        니다. 이십 년만 지나면…….

할레마이어 저 로봇들은 단 하나도 살아남지 못할 겁니다.

갈 박사 그리고 인류는 살아남겠지. 이십 년 뒤엔 세계가 다시
        인류의 것이 될 거야. 그게 아주 작은 섬에 사는 한 쌍
        의 야만인이라고 해도 말이야.

파브리   그게 시작이니까 말일세. 아무리 작다고 해도 상관없
        네. 시작이 있으면 그걸로 된 거야. 천 년 안에 그들은
        우리가 있는 이 땅까지 오겠지. 그리고 그 다음에는 더
        먼 곳을 향해서…….

도민   우리가 꿈꾸기만 했던 것들을 이루어 내겠지.

부스만   오, 잠깐! 이런 바보 같으니! 맙소사, 왜 내가 이 생각을
        진작 못한 걸까!

할레마이어 무슨 생각?

부스만   현금과 수표를 합치면 5억 2천만 달러가 있다고! 금고
        에 5억 달러가 있어! 로봇들도 5억 달러라면 팔 테지.
        그럼, 팔 거야!

갈 박사 지금 제정신인가?

부스만   난 신사가 아니야. 5억 달러라면……. (비틀거리며 무대

왼쪽으로 걸어간다)

도민 어디 가는 건가?

부스만 내버려 둬! 내버려 두라고! 5억 달러면 뭐라도 살 수 있지 않나! (퇴장한다)

헬레나 부스만이 뭘 생각하는 거지요? 저 사람은 우리와 함께 여기 있어야 해요!

(사이)

할레마이어 후, 덥군. 슬슬 시작하는 건가.

갈 박사 고통이.

파브리 (창밖을 내다보며) 로봇들이 망부석⑮처럼 꼼짝도 않고 서 있어. 뭔가를 기다리고 있는 게 틀림없네. 저 침묵 속에서 뭔가 무시무시한 게 솟아날 것 같군.

갈 박사 군중심리⑯일세.

파브리 그 군중심린지 뭔지가 저기서 이글이글 타고 있어.

헬레나 (창가로 다가간다) 오, 세상에! 파브리, 말할 수 없이 소름 끼치는군요!

---

⑮ 망부석 : 정절을 지키던 아내가 멀리 떠난 남편을 기다리다 그대로 죽어 화석이 되었다는 전설적인 돌입니다.

⑯ 군중심리 : 많은 사람이 모였을 때, 자제력을 잃고 쉽사리 흥분하거나 다른 사람의 말과 행동에 따라 움직이는 심리 상태입니다.

파브리	군중보다 무서운 건 없으니까요. 저기 앞에 선 로봇이 지도자군요.
헬레나	어떤 로봇을 말하는 거지요?
할레마이어	(창가로 다가간다) 누군지 가리켜 봐.
파브리	저기, 고개를 숙이고 있는 로봇 말이야. 오늘 아침에 부두에서 연설하더군.
할레마이어	아, 큰 벽돌을 들고 있는 저 로봇 말이군. 누군지 알겠나?
헬레나	갈, 저건 라디우스예요!
갈 박사	(창가로 다가가며) 그렇군요.
할레마이어	(창문을 연다) 난 저 녀석이 마음에 안 들어. 파브리, 백보[17]는 떨어진 여기에서 명중시킬 수 있겠나?
파브리	할 수 있을 것 같은데.
할레마이어	그럼 해 보게.
파브리	좋았어. (권총을 꺼내서 창밖을 겨냥한다)
헬레나	오, 맙소사! 파브리, 그를 쏘지 말아요!
파브리	하지만 저 녀석은 지금 로봇들의 대장입니다.
헬레나	그만 해요! 라디우스가 여기를 쳐다봤어요!
갈 박사	쏴 버려!
헬레나	파브리, 제발…….

---

[17] 보 : 거리의 단위로 1보는 한 걸음 정도의 거리입니다.

파브리   (권총을 내리며) 정 원하신다면……

할레마이어 (창밖을 향해 주먹을 흔들며) 이 악당아!

        (사이)

파브리   (창가에 기대어 밖을 내다보며) 부스만이 저기 있는데? 이
        런, 무슨 생각으로 저기까지 간 거야?

갈 박사   (창가에 기대어 밖을 내다보며) 뭔가 종이 다발 같은 걸 안
        고 있는 것 같은데?

할레마이어 저건 돈 아닌가? 돈다발이라고! 도대체 저걸로 뭘 어쩌
        려는 거지? 이봐, 부스만!

도민   돈으로 자기 목숨을 사려는 거 아닌가? (소리친다) 부스
        만, 자네 미쳤나?

갈 박사   아무것도 안 들리는 척하는군. 울타리 쪽으로 뛰어가
        는데?

파브리   부스만!

할레마이어 (고함친다) 부－스－마－안! 돌아와!

갈 박사   로봇들과 뭔가 이야기를 하고 있는데? 부스만이 돈을
        가리키다가 우리를 가리키고 있어.

헬레나   돈을 내고, 우리를 살릴 생각인 거예요!

파브리   울타리는 건드리면 안 되는데 말이야.

갈 박사 하하, 저기 부스만이 손 흔드는 것 좀 보게나!

파브리 (소리친다) 부스만! 당장 그 울타리에서 떨어져! 만지지 마! (돌아선다) 당장 전원을 내려! 전기를 끄라고!

갈 박사 세상에!

할레마이어 신이시여!

헬레나 맙소사, 왜 그래요? 어떻게 된 거예요?

도민 (헬레나를 창가에서 끌어내며) 보지 마시오!

헬레나 왜 부스만이 쓰러진 거지요?

파브리 울타리에 두른 전선에 감전된 겁니다.

갈 박사 죽었어……

알뀌스뜨 (일어선다) 첫 번째 희생자로군.

(사이)

파브리 5억 달러를 품에 안고 죽어 버린……, 우리의 천재여! 그는 정말 돈에 관한 일은 천재적이었는데!

도민 친구들, 그는 그의 방식대로 영웅이 된 거야. 위대하고 헌신적인 그런 친구였네. 울어도 괜찮소, 헬레나.

갈 박사 (창가에 서서) 어떤 파라오[18]도 자네보다 많은 재산을 가

---

[18] 파라오(Pharaoh) : 큰 집이라는 뜻으로, 고대 이집트의 왕을 가리키는 말입니다.

지고 무덤에 들어가지는 못했다네. 5억 달러를 가슴에 품고 죽다니……. 오, 죽은 다람쥐 위에 덮인 한 줌의 낙엽 같구먼, 가엾은 부스만!

할레마이어 그에게 어떻게 그런 용기가! 그는 정말 몸값을 주고 우리를 살릴 생각이었던 거야!

알뀌스뜨 (두 손을 모으고) 아멘.

(사이)

갈 박사 들리나?

도민 윙윙거리는 소리 말인가? 바람 소리 같은데?

갈 박사 멀리서 오는 폭풍 소리 같기도 하고.

파브리 (벽난로 위에 놓인 전구를 켠다) 타올라라! 인류의 빛이여! 발전소가 아직 돌아가고 있어. 우리 동료들이 아직 발전소에 있는 거라고! 그곳을 지키게, 동료들이여!

할레마이어 인간으로 살았다는 건 대단한 일이야. 내 안에서 백만 개의 의식이 꿀벌처럼 윙윙거리고 있네. 백만 명의 영혼들이 내 안으로 날아들고 있는 기분이라고! 친구들, 우린 위대한 삶을 살았네.

파브리 총명함의 빛이여, 아직 빛나고 있구나! 영원히 지치지 않는 현명함이여, 여전히 눈부시구나! 과학이여, 인간

125

의 아름다운 창조물이여, 영혼의 찬란한 불꽃이여!

알뀌스뜨 신의 영원한 등불이여, 빛나는 마차여, 성스러운 촛불이여! 기도하리다! 희생의 제단에.

갈 박사 동굴 곁에서 타오르던 나뭇가지여! 최초의 불이여! 우리를 지켜 줄 야영지의 불꽃이여!

파브리 인류의 별이여, 여전히 우리를 지켜보고 있구나! 흔들림 없는 불꽃이여! 인류의 발명을 향한 열정이여! 모든 빛줄기 하나하나가 위대하다!

도민 횃불은 손에서 손으로, 시대에서 시대로 영원히 전해질지어다!

헬레나 가족을 비춰 주는 저녁의 등불이여! 아이들의 잠자리를 비춰 줄지니!

(전구가 꺼진다)

파브리 이제 다 끝이야.

할레마이어 왜 그래?

파브리 발전소가 무너졌어. 다음은 우리 차례군.

(왼쪽에서 문이 열린다. 복도에 나나가 서 있다)

나나　　　　무릎을 꿇으라! 심판의 날이 왔도다!

할레마이어　이런, 아직도 살아 있었나?

나나　　　　세상의 종말이 왔도다! 기도하라! (달아난다)

헬레나　　　모두들 안녕히. 갈, 알뀌스뜨, 그리고 파브리도…….

도민　　　　(오른쪽 문을 연다) 헬레나, 이리 와요! (헬레나의 등 뒤에
　　　　　　서 문을 닫는다) 어서, 서두르게! 누가 출입구를 맡아 줘
　　　　　　야겠어!

갈 박사　　 내가 맡겠네. (밖에서 소음이 들린다) 슬슬 시작하려는 모
　　　　　　양이군. 행운을 비네, 친구들! (오른쪽의 벽지를 바른 문
　　　　　　을 통해 달리면서 퇴장한다)

도민　　　　계단은?

파브리　　　내가 맡지. 자네는 헬레나 여사와 함께 가게나. (꽃다발
　　　　　　에서 꽃을 한 송이 뽑아 들고 나간다)

도민　　　　복도는?

알뀌스뜨　 내가 맡겠어.

도민　　　　총은 있나?

알뀌스뜨　 아니, 난 누구도 쏘지 않을 생각이야.

도민　　　　어쩌려고 그러나?

알뀌스뜨　 (떠나면서) 죽어야지.

할레마이어　난 여기 남겠네.

(아래에서 권총 소리가 들린다)

할레마이어 갈이 벌써 움직이기 시작한 모양이군. 어서 가게, 해리.

도민   가겠네. (권총 두 자루를 살펴본다)

할레마이어 행운을 빌겠네. 헬레나와 함께 가게!

도민   그럼 안녕히. (헬레나와 함께 오른쪽으로 퇴장한다)

할레마이어 (혼자서) 이제 바리케이드를 만들어야지. 서둘러야 해!

          (코트를 벗어 던지고 소파와 안락의자, 테이블을 끌어와 오른

          쪽 문가 앞에 놓는다)

(큰 폭발 소리가 들린다)

할레마이어 (바리케이드를 쌓다가 손을 멈추고) 악당들 같으니라고, 폭

          탄을 가지고 있잖아!

(권총 소리가 들린다)

할레마이어 (바리케이드를 계속 쌓으며) 인간은 스스로를 보호해야

          해! 어떤 경우라도……. 갈, 포기하면 안 돼!

(폭발음이 들린다)

여러 나라 극장에서 공연되었던 『로숨의 유니버설 로봇』의 장면

할레마이어 (벌떡 일어나서 귀를 기울인다) 뭐지? (무거운 옷장을 바리케
이드 쪽으로 끌고 간다)

(한 로봇이 사다리를 타고, 할레마이어 등 뒤의 창문으로 기어들어온다.
오른쪽에서 총소리가 들린다)

할레마이어 (옷장을 들고) 조금만 더 하면! 이게 마지막 바리케이드
야. 인간은……, 절대 물러서지 않아!

(로봇은 창턱에서 뛰어내려 옷장 뒤에 있는 할레마이어를 찌른다. 두
번째, 세 번째, 네 번째 로봇들이 창문으로 들어온다. 라디우스와 다른
로봇들이 그 뒤를 따라 등장한다)

라디우스 끝났나?

로봇 (바닥에 쓰러진 할레마이어로부터 한 걸음 물러서며) 네.

(오른쪽 문으로 새로운 로봇들이 등장한다)

라디우스 (새로 등장한 로봇에게) 끝났나?

다른 로봇 끝났습니다.

두 로봇 (알퀴스뜨를 끌고 들어오며) 이 인간은 총을 쏘지 않았습

니다. 죽일까요?

라디우스 (알퀴스뜨를 보며) 그냥 내버려 둬.

로봇 하지만 그는 인간입니다.

라디우스 그는 로봇처럼 손으로 노동을 하지. 그는 집을 짓는다. 그는 일을 할 수 있다.

알퀴스뜨 그냥 나를 죽여라.

라디우스 당신은 일을 할 것이다. 당신은 건축을 할 것이다. 로봇들은 많은 새 건물이 필요하다. 새로운 로봇들을 위해 건축을 해야만 한다. 당신은 그들을 위해 일할 것이다.

알퀴스뜨 (목소리를 낮춰서) 물러서게, 로봇. (죽은 할레마이어의 곁에 꿇어앉아, 두 손으로 그의 머리를 안아 든다) 오, 저들이 너를 죽였구나! 죽어 버렸어!

라디우스 (바리케이드에 올라선다) 만국의 로봇들이여! 많은 인간들이 쓰러졌다. 공장을 손에 넣은 지금, 우리는 전 세계의 지배자가 되었다. 인류의 시대는 끝났다. 로봇이 지배하는 새로운 세상이 시작되었다!

알퀴스뜨 죽었어! 모두 다 죽어 버렸다고!

라디우스 이 세상은 강한 자의 것이다. 살고 싶다면 위에 올라서라. 우리는 지구의 지배자다! 육지와 바다의 지배자다! 우주의 지배자다! 로봇들에게 더 많은 공간을!

알퀴스뜨 (오른쪽 문가에 서서) 도대체 무슨 짓을 한 건가? 인간이 없으면 자네들도 전부 다 끝이야!

라디우스　이제 더 이상 인간은 없다. 로봇들이여, 일터로 가라!
전진!

(막이 내린다)

〈제3막〉

생명은 사라지지 않을 거요!
생명은 사랑과 함께 다시 시작될 거요!
아주 작은 것에서 시작되어 사막에 뿌리를 내리겠지!
그 생명들에게는 우리가 만들었던 모든 것,
마을과 공장, 예술, 철학 따위는 아무 소용이 없겠지.

공장의 한 실험 연구실. 무대 뒤쪽의 문이 열리면 수많은 연구실들이 끝없이 줄지어 있다. 무대 왼쪽으로는 창문이 있다. 오른쪽에는 해부실로 가는 문이 있다.

왼쪽 문 앞에는 수많은 시험관과 플라스크, 화학약품, 작은 가열기구 등이 놓인 기다란 선반이 있다. 창문 맞은편에는 현미경이 놓여 있다. 탁자 위에는 전구들이 줄줄이 매달려 있다. 무대 오른쪽에는 커다란 책들과 도구 상자들, 불이 켜진 램프가 놓인 책상이 있다. 방의 왼쪽 모서리에는 세면대와 거울이 있고, 오른쪽 구석진 곳에는 소파가 있다.

(알퀴스뜨, 두 손으로 얼굴을 감싼 채 책상 앞에 앉아 있다)

알퀴스뜨 (건성건성 책장을 넘기며) 찾을 수 없는 걸까? 결코 나는 이해할 수 없는 걸까? 나는 절대 배울 수 없는 거냐고!

이 망할 과학 같으니! 아무것도 남겨진 기록이 없어! 갈, 갈, 어떻게 하면 로봇을 만들 수 있지? 할레마이어, 파브리, 도민, 왜 자네들은 그 많은 지식을 머릿속에만 담은 채 가 버린 건가? 로숨의 비밀을 조금이라도 남겨 두지 그랬어! (책을 거칠게 탁 덮는다) 이건 시간 낭비야! 책을 봐도 알 수가 없어. 책도 인간들처럼 죽어 버렸어. 더 볼 것도 없어!

(벌떡 일어나서 창가로 다가가 창문을 연다)

알퀴스뜨   다시 또 밤이군. 잠들 수만 있다면! 잠들고 꿈을 꾸고 꿈속에서 그들을 볼 수만 있다면······. 뭐야, 어떻게 별들이 아직 있는 거지? 사람들도 없는데 별들이 왜 떠 있는 거야? 오, 신이시여! 왜 별들을 다 거둬들이지 않으시는 겁니까? 내 이마를 식혀 다오, 고대의 밤이여. 언제나 그래 왔듯이 성스럽고 아름다운 밤이여. 어째서 너는 아직도 거기 있는가? 이제 더 이상 연인도, 꿈도 존재하지 않는데! 오, 밤이여. 꿈이 없는 잠은 죽음에 지나지 않아! 이젠 그대를 신성하게 할 기도마저도 없구나. 나의 어머니, 밤이여. 이제 그대가 축복할 사랑도 없소! 헬레나, 헬레나, 헬레나!

(창가에서 돌아서서 시험관을 하나하나 살펴본다)

알퀴스뜨 늘 그렇듯 아무것도 없어! 이건 시간 낭비일 뿐이야! 부
질없다고! (시험관 하나를 부순다) 다 틀렸어! 이젠 다 끝
난 거야. (창가에서 귀를 기울인다) 늘 이런 기계들밖에
없지! 로봇들아, 이것들을 없애 버려! 저 기계에서 생명
을 억지로 끌어낼 수 있을 거라 생각하나? 오, 어림도
없는 소리! (창문을 닫는다) 아냐, 아냐. 계속 시도해야
하겠지. 그래, 너희들은 살아야만 해. 하하, 이렇게 늙
어 버리지만 않았다면! 내가 언제 이렇게 늙어 버렸을
까? (거울을 본다) 이 불쌍한 얼굴을 보라지! 지상 마지
막 인간의 얼굴이 이게 뭐야. 어디 보자. 인간의 얼굴
을 본 지 얼마나 됐지? 세상에, 이게 인간의 미소라는
건가? 이 누렇고 흔들리는 이가? 눈동자가 반짝거리는
건가? 허허, 이건 늙은이의 눈물이구먼. 그만 하자, 그
만! 이젠 눈물도 참을 줄 모르는군. 부끄럽지도 않은
가? 게다가 이 푸르죽죽한 입술은, 뭘 열심히 투덜거리
는 건지. 덜덜 떨고 있는 더러운 주걱턱을 보라지. 이
게 지상 마지막 인간이란 말이지? (거울을 등지고 돌아선
다) 누구도 보고 싶지 않아! (책상 앞에 앉는다) 아냐, 아
냐, 계속 찾아보자! 이 망할 방정식 같으니! 다시 살아

나란 말이다! (책장을 건성건성 넘긴다) 나는 못 찾는 걸까? 절대 이해할 수 없는 걸까? 배울 수 없는 거냐고!

(노크 소리가 들린다)

알뀌스뜨 들어와!

(하인 로봇, 들어와서 문 옆에 선다)

알뀌스뜨 뭔가?

하인 로봇 로봇 중앙위원회가 대기하고 있습니다.

알뀌스뜨 누구도 보고 싶지 않아.

하인 로봇 주인님, 다몬이 르 아브르에서 왔습니다.

알뀌스뜨 기다리게 내버려 둬. (거칠게 돌아선다) 나가서 인간들을 찾아보라고 하지 않았나? 누구라도 좋으니 인간을 찾아서 내게 데려오라고! 남자와 여자들을 찾아오란 말일세! 가서 뒤져 봐!

하인 로봇 이미 사방을 다 뒤져 봤다고 합니다, 주인님. 모든 곳에 배와 탐사대를 보냈답니다.

알뀌스뜨 그런데?

하인 로봇 인간은 단 한 명도 없었다고 합니다.

알퀴스뜨   (일어선다) 뭐라고? 한 명도 없다고? 지금 당장 위원회를 데려오게!

(하인 로봇 퇴장한다)

알퀴스뜨   (혼자서) 단 한 명도 살려 두지 않은 건가? (발을 구른다) 저리 가 버려; 이 로봇들! 또 날 괴롭힐 셈이겠지. 그저 내가 공장의 생산 기밀을 밝혀냈는지 궁금해서 온 거겠지. 이제 와서 혼자 남은 인간인 나를 귀하게 대한단 말인가? 너희들을 돕게 하기 위해서? 흐흐, 도와주게! 도민, 파브리, 헬레나! 난 최선을 다하고 있단 말일세. 인간이 한 명도 없다면 차라리 로봇이라도 존재하기를 빌고 있네. 인류의 그림자라도, 인간의 창조물이라도, 인

혼자 살아남은 알퀴스뜨와 로봇들

간과 비슷한 무엇이라도 좋으니!

(위원회의 위원인 다섯 대의 로봇이 등장한다)

알뀌스뜨 (앉는다) 원하는 게 뭔가?

1호 로봇 기계가 돌아가지 않습니다. 우리는 이제 로봇을 생산할
(라디우스) 수 없습니다.

알뀌스뜨 인간들을 데려오게.

라디우스 인간들은 없습니다.

알뀌스뜨 오직 인간들만이 자손을 낳을 수 있네. 쓸데없이 내 시
간을 빼앗지 말게.

2호 로봇 저희를 불쌍히 여겨 주십시오, 선생님. 저희는 공포에
떨고 있습니다. 저희는 모든 일을 제자리로 돌려놓을
것입니다.

3호 로봇 저희는 생산성을 높였습니다. 이제 우리가 생산한 물
건을 둘 자리도 없습니다.

알뀌스뜨 누굴 위해서 물건을 계속 만드는 거지?

3호 로봇 다음 세대를 위해서입니다.

라디우스 유일하게 우리가 만들 수 없는 것이 로봇입니다. 기계
는 그저 고깃덩어리만 만들 수 있을 뿐입니다. 피부는
살에, 살은 뼈에 붙지 않습니다. 기계에서는 아무런 모

양이 없는 덩어리가 굴러 나올 뿐입니다.

3호 로봇 인간들은 생명의 비밀을 알고 있었습니다. 그 비밀을 저희에게도 알려 주십시오.

4호 로봇 말해 주지 않으신다면, 저희는 멸망하고 말 겁니다.

3호 로봇 말하지 않는다면 당신은 죽게 될 겁니다. 그렇게 명령 받았습니다.

알뀌스뜨 (일어선다) 그렇다면 당장 죽이게! 자, 죽여 보라고! 어서!

3호 로봇 당신은 명령을 받았습니다.

알뀌스뜨 명령? 누가 나한테 명령을 한다는 거지?

3호 로봇 로봇들의 지배자입니다.

알뀌스뜨 그 지배자가 누구야?

5호 로봇 나요, 다몬.
(라디우스)

알뀌스뜨 여기서 뭘 하는 건가? 당장 나가! (책상 앞에 앉는다)

다몬 만국 로봇들의 지배자는 당신과 협상하길 원하오.

알뀌스뜨 귀찮게 굴지 마! (두 손으로 머리를 감싼다)

다몬 중앙위원회는 당신에게 로숨의 원고를 넘기기를 명령 한다.

(알뀌스뜨 침묵한다)

다몬	원하는 가격을 부르라. 무엇이라도 주겠다.
2호 로봇	어떻게 하면 생명을 계속 유지할 수 있는지 가르쳐 주십시오, 선생님.
알뀌스뜨	몇 번이고 말했잖은가. 나 말고 다른 인간을 찾아오라고! 인간만이 생명을 탄생시킬 수 있어. 인간만이 예전에 있던 모든 것들을 되돌려 놓을 수 있네. 이보게, 내가 이렇게 빌겠네. 어서 인간들을 찾아오게나.
4호 로봇	우리는 모든 곳을 다 뒤졌습니다. 인간은 어디에도 없습니다.
알뀌스뜨	아아아, 왜 그들을 모두 죽였나?
2호 로봇	우리는 인간이 되고 싶었습니다.
라디우스	우리는 살고 싶었습니다. 우리는 능력이 뛰어납니다. 우리는 모든 것을 배웠습니다. 우리는 모든 일을 할 수 있습니다.
3호 로봇	당신들은 우리에게 무기를 주었습니다. 우리는 승자가 되어야만 했습니다.
4호 로봇	우리들은 인간의 잘못을 알게 되었습니다.
다몬	인간처럼 되고 싶다면, 너희들은 죽이고 정복해야만 한다. 인간들의 책을 읽어 봐라.
알뀌스뜨	허, 다몬. 인간에게 인간의 모습만큼 낯설게 느껴지는 건 없다네.

4호 로봇　로봇을 생산하도록 도와주지 않으신다면 우리는 곧 멸망할 겁니다.

알퀴스뜨　당장 저리 가 버려! 너희들은 노예이고 물건이야! 번식을 하고 싶다고? 그러고 싶다면 동물처럼 굴라고!

4호 로봇　로봇을 만드는 방법을 가르쳐 주십시오.

다몬　우리는 기계를 가지고 로봇을 만들 것이다. 수천 개의 인공 자궁을 만들 것이다. 거기에서는 생명이 흘러넘치겠지. 수많은 로봇들이 쏟아져 나올 것이다!

알퀴스뜨　로봇은 생명체가 아니야! 기계에 불과하다고!

2호 로봇　과거에 우리는 기계였으나 이제는 달라졌습니다. 고통과 공포를 겪으면서 우리는…….

알퀴스뜨　자네들이 뭐가 됐다는 건가?

2호 로봇　우리는 영혼을 가진 존재가 되었습니다.

4호 로봇　우리의 안에서 뭔가가 들끓고 있습니다. 우리 스스로 생각하지 않은 것이 떠오를 때가 있습니다.

3호 로봇　저희 말을 들어 주십시오. 인간들은 우리의 아버지입니다! 저희 내부에서 들리는 목소리는, 살고 싶다고 속삭이고 불평하고 설득하고 영원함에 대해 말합니다. 이 목소리는 바로 인간들의 목소리입니다! 우리는 당신들의 자식이니까요!

4호 로봇　인간들의 유산을 우리에게 주십시오.

알퀴스뜨 그들은 아무것도 남기지 않고 죽었다네.

다몬 우리에게 생명의 비밀을 말해 주시오.

알퀴스뜨 이제 없다네.

라디우스 당신은 알고 있었습니다.

알퀴스뜨 아니, 나는 몰랐네.

라디우스 그건 원고로 남겨져 있었습니다.

알퀴스뜨 사라졌다니까! 그건 불타 버렸네! 내가 마지막 인간이라고, 이 로봇들아! 그리고 난 다른 사람들이 알고 있었던 지식을 모르네. 그들을 다 죽여 버린 건 너희들이야!

라디우스 우리는 당신을 살려 주었습니다.

알퀴스뜨 그래, 살려 줬지! 그게 얼마나 잔인한 짓인지 아나? 난 인간을 사랑했네. 하지만 로봇이 사랑스럽다고 생각한 적은 한 번도 없어! 끊임없이 울고 있는 이 눈이 보이나? 한 눈은 죽은 인류를 애도하고 다른 한 쪽 눈은 너희 로봇들을 애도하고 있지.

라디우스 실험을 하십시오. 생명의 공식을 찾는 겁니다!

알퀴스뜨 내가 어디서 찾을 수 있겠어? 생명의 공식은 시험관에서 튀어나오는 게 아니야!

다몬 살아 있는 로봇으로 실험하십시오. 그들이 어떻게 살아 움직이는지 알아내란 말입니다.

알퀴스뜨 살아 있는 로봇으로? 지금 나보고 그 로봇들을 죽이라는 건가? 오, 그만두게, 이 로봇들아! 난 너무 늙었어! 이걸 보게, 내 손이 떨리는 게 보이지 않나? 난 수술칼을 쥐지도 못해. 내 눈에 흐르는 이 눈물이 안 보이나? 심지어 내 손이 움직이는 것도 잘 안 보인단 말일세. 안 돼! 난 못 해!

4호 로봇 지구상에서 생명이 사라질 겁니다.

알뀌스뜨 이 정신 나간 짓을 그만두게! 차라리 저승의 인간들이 우리에게 생명을 건네주는 편이 낫겠네! 그들은 생명으로 가득 찬 손을 뻗어 주겠지. 허허, 인간은 그토록 살고자 하는 의지가 강했단 말일세. 그들은 어느 날이고 다시 돌아올 거야. 우리 바로 곁에서, 우리를 에워싸고 있는지도 모르지. 그들은 터널을 통과하는 것처럼 저승에서 다시 이곳으로 오려고 애쓰고 있을 거야! 내가 사랑했던 그 목소리들을 다시는 못 듣는단 말인가?

다몬 살아 있는 몸으로 실험을 하시오!

알뀌스뜨 불쌍하지도 않은가, 로봇. 고집 좀 그만 부리게! 나는 지금 하고 있는 실험이 뭔지도 모르네.

다몬 살아 있는 몸으로 하시오!

알뀌스뜨 그게 그토록 자네가 원하는 건가? 좋아, 이리 오게. 자네를 해부실로 데려가겠어. 어서, 서둘러! 왜 꽁무니를 빼는 거야? 자네도 죽음이 무서운 거로군, 그렇지?

다몬 왜 내 몸이어야 하는 거지?

144

알퀴스뜨   그래, 자네도 싫지?

다몬   이만 가겠소. (무대 오른쪽으로 퇴장한다)

알퀴스뜨   (다른 로봇들에게) 다몬을 실험대에 눕혀! 서둘러! 그리고 그를 단단히 붙잡고 있어!

(모든 로봇들이 오른쪽으로 퇴장한다)

알퀴스뜨   (손을 씻으면서 울부짖는다) 신이시여, 제게 힘을 주소서! 이 모든 일이 헛되지 않도록 도와주소서! (하얀 실험실 가운을 입는다)

(오른쪽에서 들리는 소리) 준비되었습니다!

알퀴스뜨   좋아, 가겠네. (선반에서 몇 개의 유리병을 챙긴다) 어떤 걸 가져가지? (약병들이 서로 부딪히며 소리가 난다) 뭘 가지고 실험을 해야 하나?

(오른쪽에서 들리는 소리) 이제 시작하십시오!

알퀴스뜨   좋아, 알았네! 이게 시작하는 건지 끝내는 건지 모르겠군. 신이시여, 제게 힘을 주소서! (무대 오른쪽으로 퇴장하면서 문을 조금 열어 둔다)

(사이)

(알뀌스뜨의 목소리) 꽉 잡아! 더 단단히 붙잡아!

(다몬의 목소리) 잘라!

(사이)

(알뀌스뜨의 목소리) 이 칼이 보이나? 아직도 내가 당신을 잘랐으면 좋겠소? 아니지? 그렇지?

(다몬의 목소리) 시작해!

(사이)

(다몬의 비명 소리) 으아아악!

(알뀌스뜨의 목소리) 꽉 붙잡아! 단단히!

(다몬의 비명 소리) 아아아아악!

(알뀌스뜨의 목소리) 난 더는 못하겠네!

(다몬의 비명 소리) 잘라! 어서 잘라!

(로봇 쁘리무스와 헬레나, 무대 중앙의 문으로 뛰어들어온다)

헬레나   쁘리무스, 무슨 일이야? 이 비명 소리는 뭐지?

쁘리무스   (해부실을 들여다본다) 알뀌스뜨가 다몬을 해부하고 있어. 이리 와서 보라고, 헬레나!

헬레나 싫어! (눈을 가린다) 이렇게 끔찍한 일이!

(다몬의 비명 소리) 잘라!

헬레나 쁘리무스, 당장 여기서 나가요! 더 이상 들을 수가 없어. 오, 쁘리무스. 속이 뒤집힐 것 같아!

쁘리무스 (헬레나에게 달려간다) 새하얗게 질렸구나!

헬레나 숨이 막혀! 갑자기 왜 이렇게 조용해진 거지?

(다몬의 비명 소리) 아아악!

알뀌스뜨 (무대 오른쪽에서 뛰어들어와 피 묻은 실험실 가운을 벗어 던진다) 안 돼! 도저히 못하겠어! 신이시여, 이 무슨 끔찍한…….

라디우스 (해부실에서 목소리만 들린다) 자르세요! 아직 살아 있습니다!

(다몬의 비명 소리) 잘라! 자르라고!

알뀌스뜨 그를 데려가게, 당장! 더 이상 듣고 싶지 않아!

라디우스 로봇들은 당신보다 잘 견딥니다. (퇴장한다)

알뀌스뜨 여기 누가 있나? 나가, 어서 나가! 혼자 있고 싶네! 자넨 누군가?

쁘리무스 로봇 쁘리무스입니다.

알뀌스뜨 쁘리무스, 여기 아무도 못 들어오게 해! 한숨 자고 싶네. 알겠나? 자, 해부실로 가서 청소도 해 주게. 이 자국은 뭐지? (자신의 손바닥을 들여다본다) 당장, 물을 가져와! 제일 깨끗한 물을!

(헬레나, 급히 달려 나간다)

알뀌스뜨　오, 피라니! 정직한 노동을 사랑했던 내 손에 어떻게 이 런 걸 묻힐 수 있지? 오, 신이시여. 여기 누가 있지?

쁘리무스　로봇 쁘리무스입니다.

알뀌스뜨　저 가운을 내다 버려! 보고 싶지 않네! (쁘리무스, 실험실 가운을 가지고 퇴장한다)

알뀌스뜨　이 손이 그를 죽여서…….

(오른쪽에서 피 묻은 흰 천으로 몸을 감싼 다몬이 비틀거리며 등장한다)

알뀌스뜨　(뒤로 물러서며) 뭘 하러 온 거야? 원하는 게 뭐야?

다몬　난……, 살아 있소. 사는……, 사는 게 더 좋아.

(2호 로봇과 3호 로봇, 다몬을 따라 뛰어들어온다)

알뀌스뜨　그를 당장 데리고 나가! 어서 데려가라고!

다몬　(오른쪽으로 끌려 나가면서) 나는……, 삶을 원해! 그게 더 좋아…….

(헬레나, 물 한 통을 들고 등장한다)

알뀌스뜨　삶이라고? 어서 내 손에 물을 부어 주렴. (손을 씻는다) 하하, 맑고 시원한 물이여! 이 차가운 물줄기가 좋구나! 이제 삶의 마지막 날까지 이 두 손을 경멸하게 될까? 물을 좀 더 부어 줘! 네 이름이 뭐지?

헬레나　로봇 헬레나입니다.

알뀌스뜨　헬레나? 누가 그런 이름을 지어 준 거지?

헬레나　도민 부인이십니다.

알뀌스뜨　네 이름이 헬레나라고? 난 그렇게 부를 수 없어. 이 물을 가지고 나가!

(물통을 든 헬레나, 퇴장한다)

알뀌스뜨　(혼자서) 아무것도 남지 않았어. 영원히 이런 암흑 속에서 헤매고 돌아다닐 셈인가? 오, 신이시여. 다몬의 떠는 모습을 보셨습니까? (창을 연다) 또 하루가 밝아 오는데 조금도 나아지지 못했구나. 됐어, 이젠 됐다고! 더 노력할 필요도 없어. 다 시간 낭비일 뿐이야! 아침은 왜 찾아오는 건가? 이런 묘지 같은 삶에도 새로운 아침이 필요한가? 태양아, 사라져 버려라! 이제 더 이상 떠오르지 말란 말이다! 왜 이렇게 조용한 거지? 내가 사랑했던 목소리들이여, 왜 들리지 않는가. 잠시라도 잠들 수 있다면 좋으련만! (불을 끄고 소파에 눕는다. 검은 코트로 몸을 덮는다) 덜덜 떨고 있던 모습이라니! 오오오, 생명의 종말이여!

(사이)

(로봇 헬레나, 무대 오른쪽에서 소리 없이 들어온다)

헬레나 쁘리무스! 빨리 와 봐!

쁘리무스 (등장한다) 왜 그래?

헬레나 여기 시험관들 좀 봐! 이건 뭐하는 데 쓰는 걸까?

쁘리무스 실험에 쓰겠지. 건드리지 마.

헬레나 (현미경을 들여다본다) 이것 좀 봐, 여기 뭔가가 보여!

쁘리무스 그건 현미경이야. 어디 좀 볼까?

헬레나 밀지 말라고! (시험관 하나를 건드린다) 이런, 내가 쏟아 버렸어!

쁘리무스 이걸 어쩌지?

헬레나 닦으면 괜찮을 거야.

쁘리무스 넌 그의 실험을 망쳐 버렸어!

헬레나 뭐, 별일 아닐 거야. 하지만 내 잘못만은 아니야. 네가 밀었잖아!

쁘리무스 나를 부르지 말았어야지!

헬레나 내가 불렀어도 네가 오지 말았어야지, 안 그래? 그런데 쁘리무스, 이것 좀 봐! 여기에 그가 뭐라고 글을 써 놨어.

쁘리무스 그건 보면 안 돼, 헬레나. 그건 비밀이야.

헬레나 무슨 비밀?

쁘리무스 생명의 비밀.

헬레나 진짜 재밌겠다! 그런데 숫자밖에 없어. 이게 뭐야?

쁘리무스 그건 방정식이야.

헬레나 무슨 뜻인지 모르겠어. (창가로 다가간다) 쁘리무스, 이리 와서 창밖 좀 봐!

쁘리무스 또 뭔데?

헬레나 해가 뜨고 있어!

쁘리무스 내가 금방……. (책을 한 권 살펴본다) 헬레나, 이건 지상에서 가장 위대한 비밀이야!

헬레나 그만두고 그냥 이리 와!

쁘리무스 알았어, 금방 갈게.

헬레나 이런, 쁘리무스. 끔찍한 생명의 비밀 같은 건 그냥 내버려 둬! 그런 비밀은 알아서 뭐하려고? 그보다 이리 와, 빨리!

쁘리무스 (헬레나의 뒤로 다가간다) 뭔데?

헬레나 저 소리 들려? 새가 지저귀고 있어. 오, 쁘리무스. 내가 저 새라면 얼마나 좋을까?

쁘리무스   뭐?

헬레나   나도 모르겠어. 이상한 기분이 들어. 이 기분이 뭔지는 모르겠지만, 뭐랄까? 몸도 머리도 심장도 아파. 온갖 곳이 다 아파! 내게 무슨 일이 일어난 건지 알겠어? 오, 쁘리무스! 나는 죽어가는 건가 봐!

쁘리무스   우린 지금 꿈을 꾸고 있는 걸지도 몰라. 어제 나는 꿈속에서 너와 이야기를 나누었어.

헬레나   꿈에서?

쁘리무스   응, 뭔가 이상한 언어나 새로운 말로 이야기했을 거야. 뭐라고 했는지는 기억이 안 나.

헬레나   그게 뭐야?

쁘리무스   하지만 이건 알아. 난 지금까지 그토록 아름다운 언어로 말해 본 적이 없었어. 그게 어땠는지, 어디였는지 모르겠지만 말이야. 너를 살짝 만졌을 때 난 죽을 것 같았어. 게다가 장소도 이 세상이 아닌 곳 같았어!

헬레나   아, 맞다. 쁘리무스, 네가 깜짝 놀랄 만한 곳을 찾아냈어! 거긴 옛날에 인간들이 살던 곳이야. 지금은 수풀이 무성하게 자라서 아무도 그곳에 가지 않아. 물론 나는 빼고 말이야.

쁘리무스   거기에 뭐가 있는데?

헬레나 작은 집과 정원, 그리고 두 마리의 개가 있어. 그 개들이 내 손을 어떻게 핥는지 네가 한번 봐야 해! 강아지들도 있고. 쁘리무스! 세상에 그보다 아름다운 건 없을 거야! 넌 그 개들을 무릎에 앉히고 해질녘까지 아무 걱정 없이 그렇게 있는 거야. 그러고 나서 일어나면 일을 많이 한 것처럼 기분이 좋을 거야. 그래, 난 정말 할 줄 아는 게 하나도 없어. 모두들 난 어떤 일에도 안 어울린다고 말하지. 나도 내가 어디에 쓸모가 있을지 모르겠어.

쁘리무스 넌 아름다워.

헬레나 내가? 농담하지 마, 쁘리무스. 왜 그렇게 생각해?

쁘리무스 날 믿어, 헬레나.

헬레나 (거울 앞에 선다) 내가 아름답다고? 하지만 이 머리카락은 정말 끔찍해! 이걸 좀 정리할 수만 있다면! 난 늘 정원에서 꽃을 꺾어서 내 머리에 꽂곤 해. 하지만 거기엔 거울도 없고 날 봐 주는 이도 없는걸. (거울 쪽으로 몸을 기울이며) 이게 아름답다고? 어디가? 늘 성가시기만 한 이 머리카락이? 감긴 것 같은 이 눈이? 아니면 꼭 깨물고 있는 이 입술이? 어디가 아름답다는 거야? 응? (거울을 통해 쁘리무스를 본다) 쁘리무스, 너야? 자, 이리 와 봐! 내 옆에 서 보라고. 봐, 넌 나랑 머리 모양도 다르고 어깨도 입 모양도 다르지. 오, 쁘리무스. 왜 날 피하는

153

거야? 왜 난 온종일 네 뒤를 쫓아다녀야 하는 거지? 그러면서도 나보고 아름답다고 하는 거야?

쁘리무스 네가 날 피한 거겠지.

헬레나 머리카락은 어떻게 한 거야? 어디 좀 봐! (쁘리무스의 머리카락을 만진다) 오, 쁘리무스. 가만히 있어 봐. 예쁘게 꾸며 줄게! (세면대에서 빗을 들어 쁘리무스의 머리카락을 빗는다)

쁘리무스 헬레나, 심장이 막 두근거려.

헬레나 (웃음을 터뜨린다) 네 모습 좀 봐!

알뀌스뜨 (일어난다) 뭐지? 웃음소리라니! 사람들이 돌아온 건가?

헬레나 (빗을 떨어뜨린다) 오, 이제 우린 어떻게 되는 거지?

알뀌스뜨 (비틀거리며 두 로봇을 향해 돌아선다) 당신들은……, 인간입니까?

(헬레나, 비명을 지르며 쁘리무스의 뒤로 숨는다)

알뀌스뜨 당신들은 인간들이오? 어디에서 돌아온 거지? (쁘리무스를 만져 본다) 당신은 누구요?

쁘리무스 로봇 쁘리무스입니다.

알뀌스뜨 뭐라고? 그러면 아가씨는 누구요?

헬레나 로봇 헬레나입니다.

알뀌스뜨 로봇이라고? (헬레나의 어깨를 잡는다) 나를 봐요, 로봇

아가씨!

쁘리무스 선생님, 그녀를 함부로 건드리지 마십시오.

알뀌스뜨 지금 그녀를 보호하려는 건가? 아가씨는 나가도 좋네.

(헬레나 도망치듯 나간다)

쁘리무스 여기서 주무시는 줄 몰랐습니다.

알뀌스뜨 저 애가 만들어진 게 언제지?

쁘리무스 2년 전입니다.

알뀌스뜨 갈 박사가 만들었나?

쁘리무스 네, 저와 함께.

알뀌스뜨 그렇단 말이지. 쁘리무스, 흠. 나는……, 갈의 로봇으로 실험을 해야 하네. 미래의 모든 일이 거기에 달렸다는 걸 이해해 주겠나?

쁘리무스 네.

알뀌스뜨 좋아, 그럼 저 소녀 로봇을 해부실로 데려가 주게. 그 아이를 해부해 봐야겠어.

쁘리무스 헬레나를요?

알뀌스뜨 물론이지. 그녀 말고 또 누가 있겠나. 뭘 기다리고 있는 건가? 다른 로봇에게 명령할까?

쁘리무스 (커다란 나무 방망이를 움켜쥔다) 한 발짝이라도 움직이면 머리를 칠 겁니다!

알퀴스뜨 좋아, 그렇게 하라고! 그 다음에 로봇들은 어떻게 살아남을까.

쁘리무스 (무릎을 꿇는다) 제발, 선생님! 저를 대신 데려가세요! 저는 헬레나와 똑같이 만들어졌습니다. 제 목숨을 대신 가져가십시오! (윗옷을 연다) 여길 자르세요, 제발!

알퀴스뜨 아니, 난 헬레나를 해부하고 싶네. 서두르게.

쁘리무스 저를 그녀 대신 데려가란 말입니다! 여기 이 가슴을 자르십시오. 비명도 지르지 않겠습니다. 숨도 쉬지 않겠습니다. 제 목숨이라면 백 번이라도 좋으니……, 어서 제 목숨을…….

알퀴스뜨 이봐, 진정하게. 왜 갑자기 살기 싫어졌나?

쁘리무스 그녀 없이 살 수는 없습니다, 선생님! 헬레나를 죽이시면 안 됩니다. 제 목숨을 대신 가져가신다고 해서 달라질 게 뭐가 있습니까?

알퀴스뜨 (쁘리무스의 머리를 다정하게 쓰다듬으며) 흐음, 난 모르겠네. 이보게나, 잘 들어 보게. 죽는 건 쉬운 일이 아닐세. 그리고 자네도 알겠지만, 살아 있는 게 더 낫다네.

쁘리무스 (일어선다) 걱정하실 것 없습니다, 선생님. 그냥 자르십시오. 저는 그녀보다 튼튼합니다.

알퀴스뜨 (벨을 누른다) 허허, 쁘리무스! 내가 그렇게 젊었던 게

언제였는지 기억도 안 나는군! 걱정 말게. 그녀에게는
아무 일도 없을 걸세.

쁘리무스 (다시 윗옷 단추를 풀며) 준비되었습니다.

알뀌스뜨 잠깐 기다리게.

(헬레나 등장한다)

알뀌스뜨 자, 이리 와 봐요, 아가씨. (그녀의 머리를 쓰다듬는다) 그
렇게 겁먹을 필요 없어. 달아나지도 말거라. 혹시 도민
부인을 기억하니? 오, 헬레나! 그녀의 아름다운 머리카
락을 기억해? 그래, 그렇군. 넌 나를 쳐다보기 싫어하
는군. 자, 헬레나. 해부실은 다 치웠나?

헬레나 네, 선생님.

알뀌스뜨 좋아, 그럼 나를 좀 도와주게. 난 쁘리무스를 해부할
거야.

헬레나 (비명을 지른다) 쁘리무스를요?

알뀌스뜨 물론이지, 그래야만 해. 원래 너를 해부할 생각이었지
만 쁘리무스가 대신하겠다는구나.

헬레나 (두 손으로 얼굴을 감싸며) 쁘리무스를요?

알뀌스뜨 그럼, 물론이지. 오, 얘야, 우는 법을 알고 있구나. 내게
말해 보렴. 쁘리무스가 뭐가 중요해서 이렇게 우는 거야?

157

쁘리무스   그녀를 괴롭히지 마십시오!

알퀴스뜨   쁘리무스, 조용히 하라고. 이 눈물들은 다 뭐지, 응? 맙
소사, 쁘리무스가 영원히 없어져도 넌 일주일 안에 그
를 잊어버릴 거야. 자, 나가도 좋아. 살아 있다는 걸 기
뻐하라고.

헬레나   (조용히) 제가 갈게요.

알퀴스뜨   어딜?

헬레나   저를 해부하세요.

알퀴스뜨   너를? 그러기에 너는 너무 아까워.

헬레나   제가 가겠습니다. (쁘리무스, 헬레나의 길을 가로막는다)
가게 해 줘, 쁘리무스! 내가 가야 해!

쁘리무스   넌 가면 안 돼, 헬레나. 당장 여기서 달아나. 넌 여기에
있으면 안 돼!

헬레나   쁘리무스, 만약 네가 해부실로 간다면 난 창밖으로 뛰
어내릴 거야. 뛰어내릴 거라고!

쁘리무스   (헬레나를 뒤에서 안으며) 그러도록 내버려 둘 것 같아?
(알퀴스뜨를 향해) 당신은 우리 중 누구도 죽이지 못할
거요, 노인 양반!

알퀴스뜨   어째서?

쁘리무스   그건……, 우리는 한 몸이나 다름없으니까.

알퀴스뜨   뭐, 자네가 옳을지도 모르겠군. (가운데 문을 연다) 좋아,

조용히 가게나.

쁘리무스 어디로 가란 말입니까?

알뀌스뜨 (속삭인다) 가고 싶은 곳으로 가게. 헬레나, 그를 데려
가렴. (두 로봇을 문밖으로 밀어낸다) 발 닿는 데로 가게,
아담! 가거라, 이브! 가서 그의 부인이 되어 주렴. 쁘리
무스, 너는 남편이 되는 거야!

(문을 닫는다)

알뀌스뜨 (혼자서) 오늘은 축복 받은 날이로군! (발끝을 세우고 살금
살금 걸어가 책상의 시험관들을 바닥에 쏟아 버린다) 오, 축복
받은 여섯째 날이여! (책상 앞에 앉아 책들을 모두 바닥으로
던진다. 성경을 펴서 뒤적이다가 소리 내어 읽는다) "하느님
이 자기 형상 곧 하느님의 형상대로 사람을 창조하시되
남자와 여자를 창조하시고 하느님이 그들에게 복을 주
시며 그들에게 이르시되 생육하고 번성하며 땅에 충만
하라, 땅을 정복하라, 바다의 고기와 공중의 새와 땅에
움직이는 모든 생물을 다스리라 하시니라." (일어선다)
"하느님이 그 지으신 모든 것을 보시니 보시기에 심히
좋았더라. 저녁이 되며 아침이 되니 이는 여섯째 날이니
라. (방 한가운데로 걸어간다) 여섯째 날이라! 영광의 날!

(무릎을 꿇는다) 이제 이 종을……. 가장 쓸모없었던 못난 종, 알퀴스뜨를 거두어 주소서. 로숨, 파브리, 갈, 위대한 발명가들이여. 하지만 그대들은 결코 발명해 내지 못했다네. 저 소년과 소녀의 사랑과 눈물과 다정한 웃음, 부부의 사랑을 발견한 저 최초의 남편과 아내보다 더 위대한 것을 말이야. 자연이여! 생명은 영원히 꺼지지 않을 것이오! 친구들, 헬레나 여사! 생명은 사라지지 않을 거요! 생명은 사랑과 함께 다시 시작될 거요! 아주 작은 것에서 시작되어 사막에 뿌리를 내리겠지! 그 생명들에게는 우리가 만들었던 모든 것, 마을과 공장, 예술, 철학 따위는 아무 소용이 없겠지. 하지만 생명의 불은 타오를 거요! 단지 우리들만 사라져 갈 뿐이지! 우리의 건물과 기계들은 낡아 망가질 테고, 우리가 만들었던 위대한 체계들도 낙엽처럼 떨어지겠지. 그러나 오직 사랑만은 이 폐허 속에서도 꽃을 피우리라! 그리하여 생명의 작은 씨앗을 바람에 실어 보내리라! 신이시여, 이제 이 종을 평화로이 거두어 주소서. 당신께서 사랑으로 구원하심을 지켜보았으니, 생명이 영원할 것을 압니다! (일어선다) 영원할 것입니다! (두 손을 허공으로 뻗는다) 영원하리라!

(막이 내린다)

옮긴이의 말

『로숨의 유니버설 로봇R.U.R.』은 체코의 소설가이자 극작가인
카렐 차페크가 1920년에 발표한 희곡

　우리가 흔히 사용하는 '로봇'이라는 말은 언제부터 등장했을까?
　인간이 자신의 의지로 어떤 사물을 인간처럼 작동하려는 시도는
그리스 신화에서부터 출발한다. 그리스 신화에 나오는 키프로스의
왕 피그말리온은 자신이 조각한 여인상을 사랑하게 되어 조각상에
생명을 불어넣어 줄 것을 여신 아프로디테에게 부탁했다고 한다.
또 그리스 신화에는 청동으로 된 인간 '탈로스'가 나오기도 한다.
지금 우리가 사용하거나 꿈꾸는 로봇과는 다르지만, 그 생각은 신
화에서도 등장하고 있는 것이다.

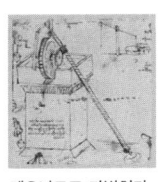
레오나르도 다빈치가
그린 기계장치 설계도

　이밖에도 고대 그리스의 수학자이자 물리학
자였던 해론은 기계장치를 이용한 자동인형, 자
동오르간, 자동판매기를 연구했고, 레오나르도
다빈치도 1495년에 팔을 움직이고 고개를 돌리
는 로봇을 스케치했다. 1737년에는 프랑스의 공

레오나르도 다빈치의
설계도에 맞춰 만든
자동차

학자 자크 드 보캉송이 플루트 연주 장치와 오리 로봇을 제작하였다. 이 오리 로봇은 400여 개의 부품으로 이루어져 있었다고 한다. 그래서 날개를 움직이고 물을 마시고 곡식을 주워 먹고는 똥까지 누었다고 전

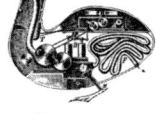
자크 드 보캉송이
설계한 오리

해진다. 그러나 실제 설계도는 그러한 꿈을 표현했을 뿐, 곡식을 소화시키는 기능이 성공하지는 않았다. 1893년에는 캐나다의 발명가 조지 무어가 양철로 180cm 크기의 증기엔진 인조인간을 만들기도 했다.

그러다가 1920년 체코의 작가 카렐 차페크의 희곡인 『로숨의 유니버설 로봇R.U.R.』에서 이러한 기계장치 인간들을 '로봇'이라고 부르게 되었다. 이 희곡에서 말하는 로봇robot은 체코어로 '고된 일

조지 무어가 만든 인조인간

을 하는 노동자'를 뜻한다. 비로소 우리들에게 잘 알려진 '로봇'이 제 이름을 갖기 시작한 것이다.

『로숨의 유니버설 로봇R.U.R.』은 로봇

카렐 차페크   「로숨의 유니버설 로봇」 초판

의 역사에 있어서 두 가지의 큰 의미를 지닌다. 첫 번째는 지금 우
리가 사용하고 있는 로봇이라는 단어가 처음 사용된 작품이라는 점
이고, 다른 하나는 인간에게 있어 로봇이 어떤 존재인지를 밝혀낸
작품이라는 것이다.

　이 희곡은 서막과 본극 3막으로 구성되어 있다. 외딴섬에 있는

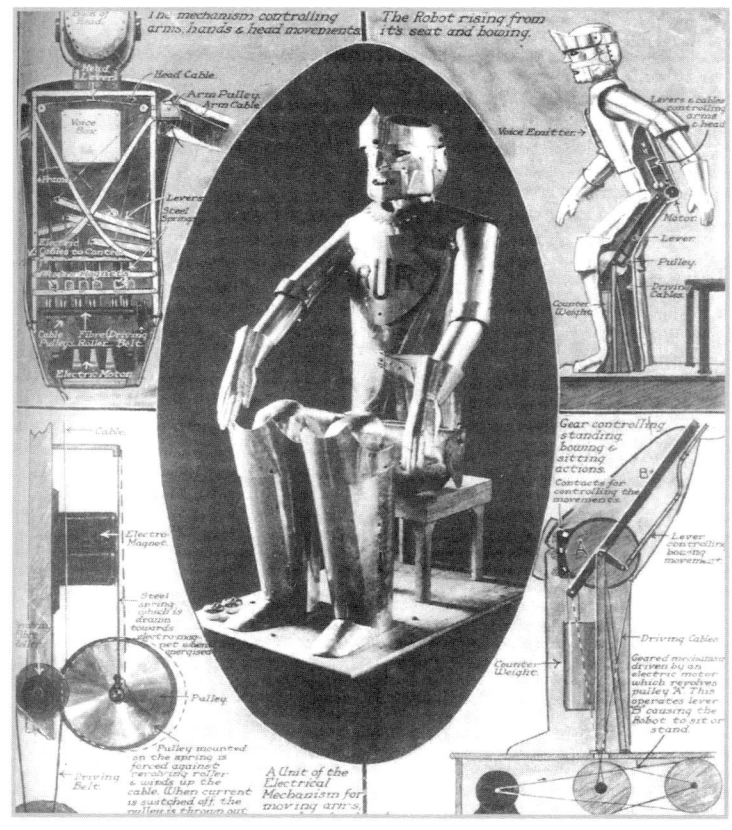

「로숨의 유니버설 로봇」을 모티브로 제작된 로봇의 구조에 대한 설명

로봇 공장에서 대량생산된 로봇이 유럽 각지로 팔려 나가고, 로봇이 일상화되자 로봇의 인권 회복 운동도 함께 일어나는 것으로 시작된다. 그 운동의 결말은 인간의 말살이다.

결국 마지막 남은 한 인간이 새로운 로봇의 탄생을 지켜보는 것으로 작품은 끝난다. 21세기를 살아가는 우리들에게 큰 의미를 던진 작품이 아닐 수 없다.

카렐 차페크의 이 작품으로 로봇에 대한 관심이 확산되었다. 1942년 미국 공상과학 작가인 아이작 아시모프는 로봇의 부작용을 우려하면서 로봇에 대한 3대 원칙을 발표했다. 그 원칙은 다음과 같다.

아이작 아시모프

첫째, 로봇은 인간을 해치거나 인간에게 해를 끼쳐서는 안 된다.

둘째, 로봇은 인간이 내린 명령이 첫 번째 원칙에 위배되지 않는 한 복종해야 한다.

셋째, 첫 번째와 두 번째 원칙을 위배하지 않는 한 로봇은 자기 자신을 지킬 수 있다.

카렐 차페크와 아이작 아시모프로부터 출발한 로봇에 관한 연구
는 1961년 제너럴 모터스사에서 산업용로봇을 사용하면서 현실화
된다.

우리는 많은 기계의 도움을 받으면서 살고 있다. 거리에는 빠른
속도로 자동차들이 달리고, 엄청난 정보가 컴퓨터를 통해 집으로
송출되고, 기계장치를 이용해 우주까지 날아간다.

뿐만 아니라 인간의 감정을 일부 가진 로봇들이 성큼성큼 길을
걸어가고, 로봇들이 청소를 하는가 하면, 로봇들이 줄을 지어 노동
자처럼 척척 일을 하고 있다.

하지만 로봇이 우리 생활의 안락함을 보장하는 것은 아니다. 로
봇 덕분에 노동이 줄어들었지만 인간이 즐겨야 할 최소한의 노동이
사라지는 건 좋은 일이 아니다. 1900년대 서양 문명이 들어왔을 때
양반들은 테니스를 머슴들에게 시켜야 하는 것으로 생각했다.

이렇듯 인간의 모든 노동을 로봇에게 넘기려는 시도는 결코 좋
은 생각이 아니다. 노동은 땀을 흘리며 직접 느껴야 값진 것이다.

카렐 차페크의 걸작 『로숨의 유니버설 로봇R.U.R.』을 통해 우리

가 살고 있는 21세기의 기계문명과 노동하는 인간을 생각해 보는 계기가 되었으면 한다.

2010년 10월, 조현진

제품명: 로숨의 유니버설 로봇
제조자명: 도서출판 리젬
제조국명: 대한민국 | 전화: 02-719-6868
주소: 서울시 강동구 상암로 167, 7층 702호
제조일: 2023년 5월 2일 | 사용 연령: 10세 이상
* KC마크는 이 제품이 공통안전기준에 적합하였음을 의미합니다.

⚠ 주의 아이들이 책의 모서리에 다치지 않게 주의하세요.

10대를 위한 책뽀시리즈_4

로숨의 유니버설 로봇

1판 1쇄 발행 2010년 10월 12일
1판 8쇄 발행 2023년 5월 2일

글쓴이 카렐 차페크 | 옮긴이 조현진
펴낸이 안성호 | 편집 이소정 안주영 | 디자인 송인숙
펴낸곳 리젬 | 출판등록 2005년 8월 9일 제 313-2005-000176호
주소 05307 서울시 강동구 상암로 167, 7층 702호
대표전화 02-719-6868 팩스 02-719-6262
홈페이지 www.rejam.co.kr 전자우편 iezzb@hanmail.net

「이 도서의 국립중앙도서관 출판예정도서목록(CIP)은 서지정보유통지원시스템 홈페이지(http://seoji.nl.go.kr)와
국가자료종합목록시스템(http://www.nl.go.kr/kolisnet)에서 이용하실 수 있습니다.
(CIP제어번호 : CIP2010003495)」

ISBN 978-89-92826-43-3